**연연하기
싫어서
초연하게**

연 연 하 기
싫 어 서
초 연 하 게

김영 지음

반투명한 인간의
힘 빼기 에세이

멜
카롤북스

책을 쓴다는 근황을 주변 사람들에게 전하면 꼭 "어떤 내용인데?"라는 질문이 돌아온다. 그때마다 "초연함에 관한 책이야."라고 간결하게만 대답한다. 나의 추상적인 대답에 주변 사람들은 고개를 갸우뚱하면서도 "자세한 건 읽어 보면 알게 되겠지. 어쨌든 늘 응원해!"라며 따뜻한 태도를 보여 주었다.

딱 한 명, 나와 공통부분이 가장 많은 친구에게만 다른 대답을 했다. 그 친구가 책에 대해 물어 올 때 나는 "삶이 힘들고 벅차게 느껴지는 사람에게 추천해 주고 싶은 책이야."라고 말했다. 그 친구에게만 다른 대답을 내놓은 이유는 그 친구야말로 이 책의 메시지를 필요로 하고, 또 그것을 진정으로 이해할 것 같은 사람이라는 생각이 들었기 때문이다. 그 친구는 내가 겪었던 방황을 비슷하게 반복하고 있었다. 이따금 그 친구가 삶의 버거움을 토로할 때면 꼭 과거의 나와 마주하는 듯했다.

과거의 나는 이토록 무겁게 느껴지는 내 삶이 특수한 경우라고 생각했다. 스스로 별나고 심각하다고 여겼다. 그래서 내 문제를 해결하기 위해 분투했고, 전보다 홀가분한 삶을 살게 되었다. 그런데 기쁨도 잠시, 주위를 돌아보니 과거의 나와 똑같은 괴로움을 겪는 주변 사람들이 있었다. 그리고 내가 남긴 지난날의 일기에 공감해 주는 사람들을 보았다. 아무에게도 이해받지 못하는, 그저 나만의 특이한 이야기일 뿐이라고 여겼는데 실은 꽤 여러 사람들이 경험하는 문제일지도 모른다는 생각이 들었다.

자신이 너무 싫은 사람, 세상이 원망스러운 사람, 방황하는 사람, 인생의 무게에 짓눌린 사람들에게 이 책을 전하고 싶다. 심오하거나 철학적인 이론을 담은 책은 아니다. 그저 나와 비슷한 주변 사람들을 위로하고자 하는 마음에 덤덤하게 내 얘기를 꺼내 놓은 책이다. 나와 함께 내 일기장을 들춰 보며 각자만의 좋은 해답을 얻길 바란다. 이 책을 읽고 삶에 대해 떠올릴 때 조금이라도 가벼운 마음이 든다면, 그것만으로 나는 매우 기쁠 것이다.

차 례

STEP 1

무수히 흔들렸던 나날

STEP 2

나를 알아 가는 여행

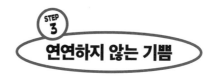

STEP 3
연연하지 않는 기쁨

STEP 1

무수히 흔들렸던 나날

나를 위로하는 밤

기억에 남는 꿈이 있다. 꿈속에서 누군가가 난데없이 나타나 나에게 물었다. 소원이 무엇이냐고. 질문을 건넨 사람의 얼굴은 떠오르지 않는다. 어쩌면 얼굴이 없었던 걸지도 모르겠다.

나는 소원이라는 말과는 거리가 먼 사람이다. 소원을 비는 일도 드물다. 소원은 열심히 빌어도 성취하기 힘든 것, 우연한 계기로 이루어질 수는 있지만 누군가가 작정하고 이루어 줄 수는 없는 것이라고 생각하기 때문이다. 생일 케이크 앞에서도 주변 사람들의 눈치를 보며 나와 가족의 건강이나 행복 같은 것들을 형식적으로 빌게 될 뿐이다. 그런데 꿈속에서 소원이 무엇이냐는 질문을 받았을 때는 느낌이 사뭇 달랐다. 어디에서 그런 당돌함이 나온 걸까. 얼굴 없는 사람에게 나는 한 치의 망설임도 없이 대답했다.

"내 삶을 사랑하는 것."

　무엇을 하든 주저하던 내가 그렇게 단호한 태도로 말했다는 것이 지금 생각해도 신기하다. 대답을 미리 정해 놓은 것도 아닌데 어째서 준비한 것처럼 말이 재빠르게 튀어나온 걸까. 게다가 그 대답은 내 인생을 관통하는, 꽤나 통찰력 있는 대답이었다. 현실에선 결코 나오지 못했을 대답, 강제적으로 빌어야 했던 형식적인 소원이 아니라 진심이 담긴 소원이었다. 꿈은 무의식과도 관련이 있다고들 했던가. 사람은 꿈속에서 가장 솔직해지는 것인지도 모르겠다. 꿈에서 깨어나서야 알게 되었다. 지금까지 진심으로 바라 왔던 나의 소원은, 오직 내 삶을 사랑하는 것뿐이라는 걸 말이다.

　현실은 정반대였다. 삶에 대한 나의 애정은 바닥을 기었다. 건강한 자아와 건강한 세계관이라는 토대가 쌓여 있지 않으면 삶에 대한 애정이 쉽게 흔들린다는 것 정도는 이미 알고 있었다. 문제는 나 자신과 내 삶을 사랑할 증거를 찾는 일이 쉽지 않았다는 점이다. 반대의 증거는 얼마든지 나열할 수 있었다. 나에게 세상은 너무나 위험했고, 사람들은 대체로 악했으며, 주어진 일은 대부분 벅찼다. 다른 사람들은 아

무렇지 않게 해내는 일들, 이를테면 주변 사람들과 원만하게 어울리고, 주어진 일을 막힘없이 해내고, 기분을 일정하게 유지하는 것이 나에게는 왜 당연하지 않은지, 나는 왜 이렇게 불리한 존재인지. 이런 고민을 해야만 했다.

좌절의 경험이 반복되면 삶을 사랑하는 게 쉽지 않다. 당시의 나는 '인생은 나쁜 것'이라는 확신과 함께 나란 사람이 못났다는 증거만 눈에 불을 켜고 찾아다니는 수집가 같았다. 원해서 그랬던 것이 아니라 그렇게밖에 살 수 없었다. 나의 인지 구조는 인생의 쓰라리고 나쁜 지표들을 유독 크게 인식하도록 형성되어 버렸다. 그러고는 나쁜 일이 일어나기라도 하면 세상을 원망하다가 결국엔 나의 못남을 탓했다. 어떻게든 스스로를 주저앉히는 방향으로 설정된 알고리즘 같은 게 머릿속에 있었던 걸까. 내 손에 남은 건 자기 비관과 우울이었다. 판도를 바꿀 만한 계기가 있지 않은 이상, 비관적인 색안경을 자력으로 깨뜨리기는 힘든 일이었다. 나의 세계는 참 슬프고 어두웠다.

"만약에 태어날지 말지를 선택할 수 있다면, 넌 뭘 선택할 거야?" 마음의 벽을 허물고 친해진 상대에게 어김없이 건

네는 질문이다. 나의 대답은 정해져 있다. 태어나지 않는 것. 탄생에 대한 선택권이 없다는 사실이 못내 아쉬웠다. 자유가 있는 곳에 책임이 있다고 말하면서, 태어나고 말고의 자유는 없는 내가 삶의 책임을 다해야 하는 것이 조금 억울하기도 했다. 태어나기 전으로 이동하는 버튼이 있다면 지체 없이 눌러서 태곳적으로 돌아가고 싶었다. 그곳에서 내 의사를 물어봐 주었더라면 지금쯤 아무런 고민도, 걱정도 없이 편안할 텐데. 훗날 이러한 생각을 반출생주의라고 부르는 걸 알게 되었다. 그렇게 나는 반출생주의에 탐닉했다.

시간이 약이었을까? 세월이 흐르니 험난한 세상과 무능력한 나에게 조금씩 적응되었고, 미숙하지만 세상을 살아가는 요령도 하나둘 익힐 수 있었다. 그때 무기력이 찾아왔다. 무기력을 오래 앓았다. 아무런 흥미도 관심도 없이 매사에 무미건조했다. 누군가는 살 만해져서 그런 거라고 했다. 나는 좋아하는 것도, 하고 싶은 것도 없었다. 쳇바퀴 같은 평일이 지나고 한숨 돌릴 수 있는 주말이 찾아와도 그다지 기쁘지 않았다. 주말이라고 해서 별달리 기대되는 일은 없었기 때문이다. 그렇다고 기대되는 일을 애써 만들고 싶지도 않았다. 나는 그렇게 지루한 생활을 오래도록 해 왔다. 적어도 하루하루가 버거운 삶보다는 낫다고 생각했다.

그러던 어느 날, 나에게도 '잘해 보고 싶은 마음'이 있다는 걸 알아챘다. 무심한 내게도 때때로 시도하고 싶은 일이 나타났고, 죽어 있던 심장도 가끔은 뛸 때가 있었다. 무미건조한 줄만 알았던 내가 실은 전혀 그렇지 않다니 놀라웠다. 그리고 더 놀라웠던 건 노련하고 재빠르게 그 마음을 억누르는 나 자신이었다.

가지고 싶은 것, 하고 싶은 일이 생긴다는 게 무서웠기에 진심을 감쪽같이 숨겨 왔다. 마음먹고 노력했는데 수포로 돌아간다면 다시 일어날 자신이 없었다. 모든 게 영영 사라질 것만 같았다. 진심을 다했을 때 맞닥뜨리는 실패가 대충 했을 때 맞닥뜨리는 실패보다 몇 배는 더 아프리라는 걸 직관적으로 알고 있었다. 그래서 더 나은 삶으로 향하는 용기를 내지 못했다. 무기력한 채로 살면 "내가 최선을 다하지 않아서 그래."라는 핑계를 언제든 댈 수 있는데 그 핑계마저 사라지는 일이 가장 두려웠다. 애쓰고도 실패할 바에는 무기력한 포지션을 유지하는 것이 체면에 더 낫다는 본능적인 판단이었다. 어쩌면 나의 무기력은 모든 의욕이 사라진 상태가 아니라 모든 의욕을 숨긴 상태였을지도 모른다는 생각을 처음으로 하게 되었다.

《여우와 신 포도》 이야기 속 여우처럼 의욕적이고 충만한 삶을 나는 가질 수 없기에 허상으로 치부했다. 한 번도 진짜인 삶을 살아 보지 못해서, 한 번도 내 것을 가져 본 적이 없어서 아름다운 삶을 허상이자 신 포도라고 합리화했다. 무기력이 주는 이점을 적당히 취했고, 비관주의가 합리적이라 믿었으며, 염세주의가 어른스러운 태도라고 생각했다. 시니컬한 글을 좋아했고 나도 그런 글을 썼다. 그런 태도가 차라리 덜 비굴해 보였다. 삶의 아름다움을 느껴 본 적이 없으니 무가치하다고 여기는 게 속 편했다. 나도 나를 포기한 채로, 무기력한 채로 살고 싶었다.

어느 날에는 메리 셸리의 소설《프랑켄슈타인》을 읽는데 영문도 모른 채로 눈물이 났다. 괴기소설이라는데, 슬플 것도 없는데. 어쩐지 나는 그 이야기가 어떤 슬픈 소설보다도 절절하게 느껴졌다. 괴물은 이유도 모른 채 세상으로부터, 심지어는 자신의 창조자로부터 거부당한다. 프랑켄슈타인 박사도 자신이 만든 생명체가 이렇게 끔찍한 생김새로 탄생할 줄은 미처 몰랐다.

삶의 무게를 감당하기 어려운 사람에게 이 이야기는 마음 한구석을 울리는 부분이 있다. 원치 않는 생명, 외면당한 경험, 존재하기조차 벅찬 세상, 그리고 박사처럼 그 생명을 책임져야 하는 삶. 누구나 살면서 프랑켄슈타인 박사일 때가, 혹은 괴물일 때가 있지 않을까. 그 누구도 자신이 원하는 완벽한 모습으로 태어나지 않는다. 그리고 세상에게, 스스로에게 버림받을 때가 있다. 원망의 화살을 끊임없이 자신에게 돌리며 스스로를 미워하지만, 사실은 자신에게 사랑받고 싶은 마음이 늘 숨어 있지 않은가. 나는 그렇게 괴물인 동시에 박사인 삶을 살아왔다.

괴물로 인해 파멸로 치달은 박사는 결국 숨을 거둔다. 괴물은 창조자의 죽음을 애통해한다. 그리고 다시는 나타나지 않겠다며 종적을 감춘다. 나의 창조자이자 아버지인 당신이 나를 받아 주었더라면 이렇게 되지 않았을 텐데, 처절하게 포효하며. 나는 내 안의 괴물을 잘 달래며 살고 있는 걸까? 나조차 내가 싫을 때가 많지만 결국에는 스스로 박사가 되어 나라는 괴물을 끝까지 책임져야만 한다.

내가 이렇게 아픈 이유는 삶을 사랑하기 때문이었다. 박사가 죽었을 때 누구보다 슬피 운 이가 괴물이었던 것처럼, 스스로를 싫어하지만 사실은 내 삶을 지독히도 아꼈던 게 아닐까. 그렇기에 나에게 완벽을 바라고 끊임없이 실망하면서도 내 삶이 망가지지 않기를 원했다. 삶을 소중히 여긴 만큼 치열하게 시달린 것이라고, 잘못이 있다면 내 삶을 깊이 사랑한 것뿐이라고. 슬픈 밤마다 나는 그렇게 애써 나를 달랬다.

무수히 흔들리더라도 단단하게 살고 싶다. 어쩌면 태어나기 전에 천사가 속삭이며 기회를 줬을지도 모른다. "태어날래, 말래?" 나는 말똥말똥한 눈을 깜빡이며 물론 태어나겠다고 대답했을 것이다. 나는 세상에 던져진 것이 아니라 내가 던져질 것을 선택했다고 믿고 싶다. 나는 프랑켄슈타인 박사처럼 살지 않을 것이다. 시작은 내가 정하지 않았지만 끝은 내가 정할 수 있다. 적어도 내 삶을 끝까지 책임지고 아름답게 일궈 낼 것이다.

너무도 쉽게 나를 미워하고 삶을 비관했다. 어떤 상황에서도 흔들리지 않고 나와 내 세계를 온전히 지키는 초연함을 가지고 싶다. 그것이 나에게는 삶을 사랑한다는 의미이다.

나는 내 소원을 이룰 수 있을까?

밝은 사람은 아니라도

나는 우울하고 어두운 사람이었다. 세상의 악하고 나쁜 일들을 유독 크게 느껴서 그랬던 것 같다. 밝고 재밌는 일보다 무섭고 슬픈 일에 더 큰 관심을 기울였다. 걱정거리는 왜 그렇게 많았던지.

밝은 사람이 되고 싶었다. 인간관계를 원만하게 유지하고, 사람들에게 사랑받는 이들은 대체로 밝은 사람이었다. 사람들은 밝은 사람을 좋아하고 어두운 사람을 피한다. 어두운 사람이 풍기는 우울과 축 처지는 느낌에 '옮기' 싫기 때문이다. 그래서 나는 내 우울을 드러내는 걸 꺼렸다. 우울을 드러낼수록 남들이 나를 싫어할 거라는 확신이 있었다. 대화할 때도 대체로 듣는 포지션을 취했다. 내 입에서 나올 법한 이야기 중에는 밝고 명랑한 소재가 없었기 때문에 말하는 게 조심스러웠다. 말하기보다 듣고 맞장구치는 것이 당연한 선택이었다.

누군가는 나의 장점으로 '잘 들어 주는 것'을 꼽았지만, 사실 잘 듣기보단 내 안의 우울한 소재들을 선별해 걸러 내다 보니 할 말이 없었을 뿐이다. 나는 내 이야기를 자주 하지 않았다.

물론 나의 우울은 병리적인 우울과는 달랐다. 치료가 필요한 것이라기보다 '우울한 성향'에 조금 더 가까웠다. 하지만 짙게 드리운 우울한 성향을 바꾸는 것은 결코 쉽지 않았다. 우울은 아무리 감추려 해도 가끔씩 새어 나왔고 나는 그런 순간이 두려웠다. 우울함을 고쳐야 하는 단점으로만 생각했다. 화사하고 밝은 사람까지는 바라지도 않고, 어두운 성격이 조금이라도 나아지길 바랐다. 어느 날 절친한 친구에게 이러한 고민을 털어놓았다. "너는 밝은 애는 아니야." 친구의 첫 마디가 나의 마음을 후벼 팠고 이내 수많은 생각이 들었다. 역시 다른 사람이 보기에도 우울함은 티가 나는구나. 아무리 숨겨도 숨길 수 없나 보다. 나는 사람들이 꺼리는 어두운 사람인 걸까. 나는 사람들에게 사랑받지 못하는 걸까. 그런데 이어지는 뒷말은, 지금까지도 잊지 못할 만큼 좋았다. "하지만 그게 너의 개성이라고 생각해." 우울함이 하나의 개성이 될 수 있다니. 친구는 나의 우울을 내가 지닌 무수한 속성 중 하나라고 생각하는 듯했다. 나를 있는 그대로 받아

주는 친구의 말이 너무도 따뜻했다. 그 친구는 나의 우울을 아무렇지 않게 개성이라고 말해 준 유일한 사람이었다.

　나는 어쩐지 나의 우울이 마음에 들었다. 그리고 우울한 사람 중에서도 꽤 괜찮은 사람이 있을지 모른다는 마음으로 나와 비슷한 기질을 가진 사람을 찾아보았다. 우울을 앓는 예술가가 많았다. 그들은 세계와 삶의 어두운 부분까지 가슴 깊이 이해하기 때문에 우울을 앓는 듯했다. 아름다움과 추함, 기쁨과 슬픔에 민감하기에 그러한 기질을 지니게 되었을 것이다.

　물론 우울이 곧 예술성으로 이어진다는 말은 아니다. 예술가는 반드시 우울을 경험해야 한다는 것도 아니다. 나의 생각이 그런 의도로 읽히지는 않았으면 한다. 그러한 발상은 굉장히 위험하고도 자기 파괴적임을 알기 때문이다. 당연하게도, 우울은 높은 예술성을 담보하지 않는다. 나는 전혀 우울하지 않고도 멋진 예술 작품을 만들 수 있다고 생각하는 사람이며, 우울을 예찬하고 싶지도 않다. 다만 우울을 겪는 것의 긍정적인 점을 찾아보자면, 인간이 느끼는 감정에 대한 이해가 깊어진다는 것이다. 그리고 이는 예술가로서의 자질에 튼튼한 토대가 되어 준다. 모든 예술은 인간에 대한 이해와 표현으로 정의 내릴 수 있다. 그런 점에서 다양한 감정으로 인간성을 이해하는 것은 예술가로서 굉장한 장점이다. 우울에 잠식되는 것과 우울을 이해하는 것은 다르다. 인간의 감정에 대한 깊이 있는 이해를 통해 우울마저도 예술로 승화한다면, 좋은 작품을 만들 수 있지 않을까. 그런 점에서 내가 겪는 우울이 나름대로 의미 있게 느껴졌다. 감정에 대한 깊이 있는 이해는 어떤 방식으로든 삶에 도움이 될 것이다. 예전보다는 나의 우울을 있는 그대로 받아들이게 되었다.

얼마 전 웹 서핑을 하다가 한 가수를 알게 되었다. 덤덤한 듯 서글픈 눈으로 슬픈 노래를 부르는 사람. 그가 부르는 노래의 가사는 대체로 우울했고, 멜로디는 어두웠지만 그게 오히려 묘한 위로와 힘을 주었다. 우울한 사람이 위로해 줄 때 더 와닿는 걸까. 사람들이 우울함을 당연히 싫어한다고 생각했는데 많은 사람들이 그를 좋아했고 그의 노래를 통해 큰 위안을 얻는다고 말했다. 우울해도 누군가에게 사랑받을 수 있구나, 사람들이 싫어하지 않는구나. 정말 신기한 광경이었다. 슬픈 눈을 한 그 사람은, 속상한 일이 있어서 쪼르르 달려가면 그 기분을 가장 잘 이해하고 다독여 줄 것만 같았다. 그런 사람이 부르는 노래의 호소력이란, 다른 사람들의 그것과 깊이에 차이가 있었다. 나는 그때 우울이 사람들에게 깊은 위안을 줄 수 있다는 걸 처음 알았다. 처절하게 우울해본 사람만이 줄 수 있는 위로, 그런 게 분명 있었다.

불현듯 나의 우울도 누군가에게 힘이 될지도 모르겠다는 생각을 했다. 글을 쓰고 싶은 마음이 생긴 것도 그때부터였다. 노래는 잘하지 못하니까 내 우울함을 글로 써서 누군가에게 위안을 주고 싶었다. 지구 어딘가에 있을, 나와 비슷한 처지의 한 사람 정도는 위로받지 않을까. 그 정도면 충분할 것 같았다. 우울한 그림과 글을 많이 그리고 썼다. 하지만 끝에는 늘 희망을 담았다. 우울한 채로 마무리하면 보는 사람의 우울이 증폭될 수 있으니까. 누군가는 나의 우울을 보고 희망을 얻길 바랐다. 스스로의 우울을 긍정하게 되었고, 우울이 주는 힘을 믿게 되었다.

레너드 코헨의 〈나의 시〉에는 힘들 때 좌절하는 대신 자신과 같은 누군가를 위해 시를 쓴다는 내용의 구절이 있다. 그 시를 발견하고는 뛸 듯이 기뻤다. 그러한 글을 쓴 사람의 심정에 완벽히 공감할 수 있었기 때문이다. 레너드 씨도 나와 한편이 된 것 같았다.

다른 사람들은 어떨지 몰라도, 나에게 있어서 창작의 원천은 이타성에 기반을 둔다. 물론 모든 이타심은 이기심에서 발현된다는 말도 있다. 이타적이라고 생각하는 행위에도 약간의 이기성이 존재할 것이다. 나 또한 깊이 파고들면 나 자신을 위해 글을 쓰는 것일 테다. 하지만 누군가를 위하는 마음이 전혀 없었다면 굳이 귀찮음의 굴레에서 탈피하여 글로 꺼내 놓을 하등의 이유가 없다. 그저 머릿속으로만 생각하거나 일기장에 남겨 놓고 끝낼 일이다. 나조차도 부끄러운 나의 치부와 유약함을 세상에 내어놓는 이유는, 그래도 나의 상처가 누군가에게 도움이 될 거라는 믿음에서 비롯되었다. 세상을 채우는 많은 일들은 사실 이타성에 바탕을 둔 것이 아닐까. 이타성에는 사람을 움직이게 만드는 힘이 있다. 글을 쓰는 원동력이 되어 주는 이타성. 글을 쓰는 일은 내가 살면서 시작한 일 중 가장 잘한 일이다.

잘난 사람이 잘하는 모습은 위압감을 준다. 저 사람은 어떻게 처음부터 완벽할까, 어떻게 모든 방면에서 뛰어날까. 그리고 '반면에 나는…'이라는 생각이 뒤따르고 괜스레 위축된다. 하지만 못난 사람이 잘해 나가는 모습은 용기와 희망을 준다. '저 사람도 하는데, 나도 할 수 있지 않을까?' 나는 이 문장 속 '저 사람'이 되고 싶다. 우울했던 내가 씩씩하게 잘 살아가고 있는 걸 보면 누군가는 희망을 얻지 않을까. 나는 부족한 게 많지만 그런 채로 시작할 수 있어서 다행이라고 생각한다. 바닥에서부터 시작했기 때문에 성장하는 과정에서 다채로운 이야깃거리를 만났다. 좋은 곳, 높은 곳에서만 지냈더라면 영영 알 수 없었을 낮은 곳도 겪어 보았으니 이에 대한 두려움도 없다. 다양한 고도를 경험하고, 어느 고도에서든 잘 지낼 거란 확신을 가지게 되면 진짜로 단단한 사람이 되는 게 아닐까. 나의 시작이 보잘것없을수록 누군가에게 더 많은 용기를 줄 것이다. 나의 부족함은 더 이상 나의 치부가 아니다. 그렇게 생각하니 마음이 든든했고, 나의 유약함마저 포용할 수 있게 되었다. 여러모로 부족한 사람이어서 참 다행이다.

세상을 약육강식의 시각으로 바라봤다. 나는 그중에서도 제일 하등한 초식 동물. 약한 상태는 당연히 위험하다. 그래서 나는 내 유약함이 싫었다. 강한 것들이 나를 위협하고 달려들 것만 같았기 때문이다. 그런데 언제부턴가 약한 것도 세상을 살아가는 데 도움이 된다는 생각이 들었다. 세상의 이치는 약육강식인 줄로만 알았는데, 자세히 들여다보니 서로가 서로를 응원하는 생태계도 존재했다. 마치 초식 동물들이 서로 공생하며 사는 것처럼 서로의 약함을 나누고 서로의 삶을 응원하는 관계. 세상을 조금은 따뜻한 시각으로 바라보게 되었다. 훈훈한 마음을 잃지 않는다면 온기가 있는 곳을 찾을 수 있고, 온기가 있는 사람들을 만날 수 있다.

우울을 쓰다 보니 우울이 나았다. 이제는 기분이 나락까지 떨어지는 경우는 드물다. 나 자신을 긍정할 수 있는 힘도 예전보다 강해졌음을 느낀다. 내가 어떤 방식으로 존재하든 그 자체로 타인에게 도움을 줄 수 있다는 믿음이 생겼다. 속상한 일도 글로 쓰면 나와 비슷한 처지의 누군가에게 위로가 된다는 생각에 긍정적으로 의미를 부여하게 되었다. 그렇게 내가 마주하는 모든 일이 휘발되는 것이 아닌, 의미를 가진 채 살아 숨 쉬는 것으로 느껴지기 시작했다. 그런 이타성의 마인드가 나를 단단하게 해 주었고, 우울로부터 지켜 주었다. 우울이 나의 개성인 시절이 있었는데, 이제는 꼭 그렇다고도 못하겠다. 적당한 우울과 적당한 밝음을 가지고 살아가고 있다.

순수함과 착함

"넌 내가 아는 사람 중에 가장 순수한 사람이야." 이런 말을 들은 적이 있다. 누가 어떤 상황에서 말하느냐에 따라 이 말이 주는 어감은 조금 다르다. 과거에 저 말을 들었을 때는 내색하지 않았지만 기분이 좋지 않았다. 집으로 돌아가는 내내 곱씹어 볼 정도로 생각이 많아지는 평이었다. 나는 그 말이 약지 못한 나를 간파하는 말같이 느껴져서 싫었다. 나는 싫은 소리도 못 하고, 내 몫을 제대로 챙기지도 못하는 편이었다. 비슷한 맥락에서 '착하다'라는 평도 싫어했다. 오죽하면 착하다는 소리를 듣는 건 칭찬이 아니라 욕이라는 말도 있겠는가. 그만큼 착하다는 것의 불리함에 대한 사회적 공감대가 형성되어 있다는 뜻일 테다.

내가 나 스스로를 착하다고 생각하는 건 웃긴 발상일지도 모르겠다. 오히려 나는 누군가에게 조금 차가운 사람으로 비춰졌을 수도 있다. '순수하다, 착하다'라는 평가가 싫어서 버릇처럼 상대에게 방어적으로 행동했고, 경계심을 늦추지 않았다. 상대가 믿을 만하다는 생각이 들면 비로소 경계를 풀었다. 이러한 습성 때문인지 나와 가까운 사람들은 나에게 착하다는 평을 곧잘 해 주었다. 하지만 사실 상대를 배려하는 측면에서 착했다기보다는, 갈등을 빚기 싫었기 때문에 착했다는 것이 정확한 표현이다. 갈등이 싫어서 양보하고 싫은 소리를 하지 않는 것을 보고 사람들은 '무던하다, 착하다'라고 평했다.

갈등이 계속 발생하는 상대와는 누구보다도 쉽게 관계를 끊으려고 했다. 그때는 사람은 변치 않는다는 믿음이 마음에 굳게 박혀 있었던 건지, 갈등이 생기면 풀려는 생각을 하지 못했다. 갈등은 해결되는 것이 아니라 쌓이고 쌓여서 상처가 되고, 관계에 금이 가게 만드는 요인이라고 생각했다. 갈등을 조정한 경험이 전무했기 때문이다. 갈등 해결이라고는 그저 내 선에서 조금 더 양보하거나 맞춰 주는 것으로밖에 해결해 본 적이 없었다. 그것을 해결이라고 볼 수 있을지도 모르겠지만. 어쨌든 상대에 대한 양보와 맞춰 줌이 감당할 수 없을 만큼 커지면, 그 상대는 나와 맞지 않는 사람이라는 결론에 도달하여 관계를 끊는 게 낫다고 생각했다. 상대는 내가 그런 마음인 것조차도 모른 채로, 한없이 잘해 주다가 어느 날 갑자기 혼자 돌변한 나에게 당혹스러움을 느꼈을 것이다. 지금 생각해 보면 굉장히 미안한 일이다. 나는 그렇게 내가 만든 가면 속에 갇혀 살았다.

상대에게 마음을 덜 주고, 큰 기대를 하지 않는 방식으로 지내 왔다. 그때는 그랬다. 그래서인지 상대에 대한 호감과는 별개로 만남 자체에서 오는 피로를 심하게 느꼈다. 인간관계를 맺다 보면 크고 작은 갈등이 발생하기 마련인데 그것에 대한 조율 능력이 전무하니 당연했다. 나는 먼저 만나자고 말하는 법이 없었고 주로 몸이 안 좋다, 아프다, 피곤하다 등의 핑계를 대면서 약속 잡기를 기피했다. 어느 날 친구는 이런 나를 보고 유쾌한 농담을 던졌다. "언제까지 아플 예정인 거야?" 넉살 좋게 웃으며 농담을 건넨 이 친구는 매번 먼저 만나자는 제안을 주면서도 마음 상해하지 않았다. 나의 이런 성향을 기분 나쁘게 여기지 않고 이해해 주었다. 많은 인연이 끊어져 나갈 때도 꿋꿋이 남아 준 친구. 참 고마운 친구다.

가면을 벗고 싶었다. 아끼는 상대를 배려한다고 나의 의사조차 표현하지 못하면, 결국 나의 솔직한 모습이 아니라 거짓된 모습만 보여 주는 게 아닐까. 솔직한 의사 표현으로 갈등을 빚을까 두렵지만, 거짓된 관계를 계속 유지하는 게 정말 행복할까. 그리고 나의 솔직한 모습을 보여 주었을 때 거부하는 사람이 나에게 정말 필요한 사람일까.

거짓 없이 지낼 수 있다면, 그냥 덜 좋은 사람이 될래. 정말 아끼는 사람이라도 잃을 각오를 했다. 상대의 생각에 반하는 의견을 말하거나 내 의사를 분명히 밝히는 것, 싫은 점이 있다면 쌓아 두지 말고 바로 말하는 것. 이런 행동에 용기를 내 보았다. '싫은 소리를 했다가 관계가 틀어지면 어쩌지? 하지만 나는 거기까지 각오했어!' 이런 마음을 되새기면서. 나는 내 가면을 벗기로 했으니까.

그러한 시도들은 금세 좌절되었다. 비장한 마음과 달리 잘 풀리지 않았다. 용기 내어 내 의견을 말했는데 받아들여지지 않아 서운함이 차올랐다. 지금까지 많이 양보하고 맞춰 줬는데, 나의 요구는 받아들여지지 않는구나. 예전처럼 적당히 가면 속에 살면서 거리를 두는 방식으로 회귀하고 싶었다. 애초에 인간관계가 어쩔 수 없이 불편한 구석이 있지, 가면 속 내 모습까지 온전히 존중받는 관계가 어디 있겠어. 사람에 대한 기대를 버리고 적당히 거리를 두며 지내는 게 편하다는, 기존 신념 체계의 익숙함을 거스르기가 힘들었다.

이미 살아온 방식은 경험을 통한 데이터가 충분히 누적되어 있다. 데이터는 곧 신념의 근거이자 바탕이 되기 때문에 기존의 신념 체계를 바꾸는 건 정말 쉽지 않다. 지금까지 쌓아 온 자기 확신을 무너뜨리는 것이므로 정체성이 훼손된다는 느낌마저 받을 수 있다. 게다가 새로운 신념 체계는 미지의 영역이므로 늘 의심과 싸워야 한다. 새로운 신념을 형성하기 위해서는 근거가 되는 데이터를 수집해야 하는데, 이것은 평소와 굉장히 다른 행동 양식을 요구한다. 기존의 행동 양식을 그대로 유지하면서 새로운 신념 체계를 얻기 굉장히 힘들다. '나는 사랑받을 가치가 없다'라는 신념 체계를 고치고 싶어도, 운이 좋지 않는 한 당장에 사랑받는 경험과 증거를 수집하기는 어렵다. 기존의 꼬인 시각과 못난 행동 양식을 계속 유지하는 상태로는 새로운 경험적 증거를 얻기 힘들기 때문에 결국 '내 원래 신념이 맞았어'라고 여기며 기존의 신념 체계로 회귀할 가능성이 높다. 좌절을 맛보면 원래의 성이 더욱 견고해져서 변화하기가 쉽지 않다. 안타까운 일이다. 나는 꼬일 대로 꼬인 자신을 몇 번이고 회유하는 과정이 힘들고 어려웠다. 원래의 신념 체계로 되돌아가려는 나를 몇 번이고 붙잡아 설득해야 했다.

그래도 내가 바뀔 수 있었던 이유는, 이대로 머무는 것의 문제점을 누구보다 잘 알고 있었기 때문이다. 진실된 관계를 맺고자 하는 열망이 새로운 신념 체계에 대한 의심과 싸울 수 있는 원동력이 되어 주었다. 지금의 인간관계도 만족스러운 게 아니어서 불편하고, 새로운 신념 체계는 낯설어서 불편하다면 시도라도 해 보는 게 낫다고 생각했다. 나는 주변 사람들에게 솔직한 감정과 의사를 표현했다. 받아들여지면 받아들여지는 대로, 아니면 아닌 대로. 처음에는 내 의사가 수용되는 것에만 집착했는데, 시간이 갈수록 내 의사를 상대가 알고 있다는 것에 중점을 두기로 했다.

그러다 보니 좋은 반응도 있었다. 내가 거슬릴 법한 속마음을 말했을 때, 나의 다정하고 절친한 어느 친구는 네가 그런 마음을 밝혀 주는 게 더 좋다고, 고맙다는 말까지 해 주었다. 그리고 알게 된 것은 생각보다 말하지 않아서 쌓이는 오해가 많다는 점이다. 상대는 아무런 의도가 없는데도 내가 지레짐작해서 나쁘게 받아들이는 경우도 있다는 걸 알았다. 솔직하게 표현해서 오해가 풀리고 갈등이 해결되는 경험도 생겨나기 시작했다.

이 과정에서 가장 힘을 발휘한 건 내가 쌓아 온 순수함과 착함이었다. 관계를 잃을 각오까지 하고 가까운 사이에게 나의 속마음을 말했을 때, 걱정이 무색하게도 단 한 번도 관계를 잃은 적은 없었다. 먼저 그들이 좋은 사람이었기 때문일 것이고, 두 번째로 내가 나쁜 마음으로 그런 말을 하는 게 아니라는 걸 그들이 알고 있었기 때문일 것이다. 나는 내가 쌓아 온 순수함과 착함이 분명 전해졌을 거라고 믿는다.

관계에 대한 새로운 신념 체계를 만든 이후, 전보다 더 건강한 관계를 맺게 되었다. 만약 그때 상처받는 것이 두려워 움츠러들었다면, 여전히 인간관계를 귀찮게 여기고 사람들과 거리를 둔 채로 남았을 것이다. 신념 체계를 바꾸는 것은 어렵지만 그런 경험이 사람을 유연하게 만드는 것 같다. 나는 내 견고한 성안에서 그걸 처음으로 깨뜨려 본 경험, 잘못된 신념 체계를 탈피한 경험이 너무 소중했다. 그리고 새로운 신념 체계가 훨씬 더 안정적으로 자리 잡았을 때, 비로소 새로운 세상을 맛본 것 같았다.

자신이 가지고 있는 특질 중 대부분은 새로운 신념 체계에 부합하지 않을 것이다. 신념 체계를 바꾸는 데에는 새로운 신념 체계와 잘 어울리는 특질을 찾아보는 것도 좋은 방법이다. 나의 '순수하고 착한 속성'은 새로운 신념 체계와 잘 맞는 부분이었고, 이 특질은 신념을 고치는 과정에서 큰 힘을 발휘했다. 기존의 신념 체계에서 발견된 문제점을 수정하는 경험을 쌓아 나가는 것이 인간이 성장하는 과정이라고 생각하며, 나는 그러한 삶을 살고 싶다.

갈등을 현명하게 다루기는 어렵다. 하지만 내가 쌓아 온 순수함과 착함이 있다면 갈등을 해결할 수 있으리라는 믿음이 이제는 생겨났다. 요새는 가면을 벗은 채 솔직한 모습으로 지내고 있다. 기분이 나쁘다고 바로 티를 내는 타입은 아니지만, 신경 쓰이는 부분이 있으면 짚고 넘어간다. 그리고 약간의 관점 차이로 빚어진 오해임을 확인하고 나면 잘 풀린다. 이렇게 서로의 감정과 의도를 확인하면 상대와 더 가까워진 느낌이 든다. 더불어 잘 알고 있다고 생각했던 상대를 사실 잘 모르고 있었다는 깨달음이 신선하게 다가온다. 교만함을 경계하며 동시에 새로움을 느끼는 이 과정이 좋다.

소중한 상대를 대할 때 지키려고 노력하는 관계의 원칙이 있다. 악의 없이 순수한 마음, 착한 마음으로 상대를 위할 것, 거짓되지 않을 것. 지금은 소중한 누군가가 나를 보고 순수하고 착하다고 말한다면 기쁠 것 같다. 내가 아끼는 사람이 나를 그렇게 평해 주는 것만큼이나 기분 좋은 일은 없을 것이다.

존재감이 없다는 건

존재감이 없다는 것을 긍정적으로 받아들일 수 있을까. 나는 어느 자리에서도 중요한 인물이 되어 본 적이 없다. 반면 여럿이 있을 때 자연스레 무리의 중심이 되는, 존재감이 뚜렷한 사람들이 있다. 잠시만 자리를 비워도 주위에서 어디 갔느냐고 물으며 찾는 사람들. 나 같은 사람이 자리를 비우면 한나절은 지나야 알아챌 것이다. 나는 그런 사람이다. 아무도 의도적으로 소외하는 게 아닌데 왠지 겉도는 사람. 지나치기 쉬운 사람. 학창 시절 무리를 이뤄 함께 다니던 친구들이 나를 잊고 자리를 이동하는, 서운하고도 충격적인 경험이 있었다. 그래서 행여나 나를 까먹지는 않을까 전전긍긍했던 유년 시절의 기억이 있다.

그런 특성은 나로 하여금 인간관계를 잘 맺지 못한다는 생각을 가지게 만들었고, 이는 곧 콤플렉스로 자리 잡았다. 나는 존재감이 없었기 때문에 무리에 어울리는 것만으로도 고맙게 여겼다. 나를 소중하게 대하지 않는 친구와도 어쩔 수 없이 어울렸다. 아쉬운 사람이 약자가 되는 건 만국의 진리였다. 그리고 콤플렉스가 있다는 건 만들지 않아도 될 아쉬움을 스스로 만들어 내는 꼴과 같고, 이는 을의 자리를 자처하는 격이었다.

그래서인지 친구들에게 내가 하고 싶은 말을 제대로 하지 못했다. 의견을 펼치거나 주장을 내세운 적도 드물다. 그저 무리의 전체적인 의견을 따라가는 정도였다. 유연한 게 좋다고 매사에 꼿꼿하게 자기주장을 펼치며 살 필요는 없으니 그건 그러려니 해도, 그들이 나를 존중하지 않는다는 느낌이 들 때마저도 그러려니 넘어갔던 건 지금 돌아보면 아쉬운 점이다. 나를 소중하게 여기지 않는 사람에게 굳이 존재감 있는 사람이 될 필요는 없다는 사실을 너무 늦게 깨달았다. 콤플렉스에 휩싸여 존재감이 사라지지 않았으면 하는 욕구 자체에만 집중하다 보니 그런 걸 제대로 파악하지 못했다. 나 또한 나의 존재감에만 신경 쓰기보다는 그들의 존재에 대해 궁금해하고, 진정한 관심을 가졌더라면 서로 존중하는 관계를 만들어 나갈 수 있었을 것이다. 그 시절에 내가 맺은 관계는 그다지 건강하지 않았다. 존재감에 대한 로망만 남아 있을 뿐이었다.

지내다 보니 존재감이 큰 사람일수록 구설에도 많이 시달리는 걸 보고 들었다. 똑같은 잘못을 해도 다른 사람의 입에 더 자주 오르내리는 걸 보고 존재감의 무게에 대해 다시 생각하게 되었다. 존재감이 있다는 것은 그만큼 남들이 주는 관심의 무게를 견뎌야 하는 일이었다. 존재감이 크다는 건 일장일단이 있는 문제 같다. 하지만 나처럼 다른 사람의 눈치를 많이 보는 성격이라면 시달리기만 했을 것이라는 추측이 가능하다. 아무도 나에게 주목하지 않는 환경 덕분에 얌전한 마이웨이로 살 수 있었다. 이런 것이 나의 인격 형성에 알게 모르게 영향을 미쳤다고 생각하니 오히려 눈에 띄지 않는 삶도 괜찮구나 싶었다.

존재감이 없는 게 나쁜 것만은 아니었다. 주관과 가치관을 형성하는 시기에 많은 관심을 받지 않았던 것은 지금 생각해도 감사한 일이다. 물론 존재감이 없는 것과 고립되는 것은 다르다. 타인과 교류 없이 고립되어 외로운 것은 위험하다. 고립감을 크게 느끼지 않는 상태에서 혼자만의 시간을 마음껏 누렸던 것은 나의 인격 형성에 장점으로 작용했다. 그런 고독이 오히려 자유를 주었다.

내가 욕망하는 것은 타인의 욕망이라는 말이 있다. 정신 분석 학자 자크 라캉의 말이다. 내가 무언가를 주체적으로 욕망하는 것이 아니라, 사회적 욕망의 대상이 나에게 주입되어 그것을 욕망하게 된다는 점을 시사한다. 내가 욕망하는 것이 실은 내가 진정으로 원하는 게 아니라 사회적 기대에 부응한 결과라는 사실을 뒤늦게 알게 된다면 얼마나 비극적일까. 그러나 내가 바라는 것이 실제로 내가 원한 것인지, 사회가 원한 것인지를 명백히 구분하기는 정말 어렵다. 그리고 인간은 사회적 동물이기에, 그것을 구분하는 것조차 의미가 없지 않나 생각한다. 사회를 배제한 욕망을 찾기란 불가능에 가깝지 않을까. 하지만 내 잣대가 아닌 타인의 잣대, 사회적 기준에 휘둘리며 살지 말라는 시사점에서 라캉의 말은 의미가 있다. 타인에게 휘둘리며 살다 보면 자신의 진정한 욕망을 잊기 쉽다. 그런 점에서 혼자인 시간이 많았던 나는 남들이 무엇을 원하는지 궁금해하기보다 나 자신과 대화를 많이 했다.

한 친구와 이야기를 나눈 적이 있다. 삶에서 가장 중요하게 여기는 게 무엇이냐는 내 물음에 경제적 풍요든 사회적 지위든 남들에게 뒤처지지 않으면 좋겠다고 대답하는 친구를 보면서 나와는 정말 다름을 느꼈다. 내가 중요하게 생각하는 것은 삶을 성심껏 사는 것, 진정한 사랑, 가족, 친구, 마음의 평화, 예술적 감수성 등이다. 친구는 분명 열심히 살 것이고, 예상하건대 어느 정도의 부를 축적하고, 사회적 지위도 얻을 것이다. 그는 충분히 그럴 만한 능력이 있다. 자기가 가진 환경과 주위 사람을 잘 활용할 줄 안다. 내가 가지지 못한 걸 친구는 많이 가졌다. 하지만 그에게 정말 묻고 싶었다. 그것이 진정으로 네가 원하는 삶이냐고.

나는 많은 걸 가지지 못했다. 부도, 권력도, 지위도. 그리고 그것을 얻을 존재감도. 하지만 한 가지 가진 것은, 내 마음에 솔직하기 위해 부단히 노력하는 삶의 자세다. 적어도 내 마음을 거스르는 것은 하지 않으려 한다. 진정으로 원하는 것을 끊임없이 묻고 외면하지 않는다. 이런 삶의 방식을 후회할 수도 있다. 아직 사회적인 때가 덜 타서, 사회 물을 못 먹어서 철없고 이상적이라고 누군가는 말할 수 있겠다. 나이가 더 들면 남들처럼 비슷하게 가는 것이 좋다고 생각할지도 모를 일이다. 하지만 적어도 지금은, 자기만의 답을 내어놓는 것 자체가 의미 있지 않을까 싶다. 다른 사람을 따라가면 오류는 적게 발생할지도 모른다. 하지만 나는 인생에서 틀릴 수 있는 권리도 중요하다고 생각한다.

성인을 대상으로 하는 학원에 다닐 때의 일이다. 승급 심사를 앞두고 못하면 어쩌지, 혼자 전전긍긍하는 나를 보며 어린 동료가 무심하게 던진 말이 웃겼다. "괜찮아요. 선생님은 우리한테 별 기대 안 할걸요." 나는 그 말을 듣고 책상을 두드리며 웃었다. 진짜 그랬다. 그래, 나는, 우리는, 그 정도 존재였지. 그게 참 다행스러웠다. 아무도 나에게 기대하지 않았고, 그래서 자유로웠다.

투명 인간이 상징하는 바는 행동에 대한 자유가 아닐까. 물리적으로 투명 인간은 아니지만, 존재감이 옅은 사람들에게는 사회적 잣대에 대한 자유가 주어진다고 생각한다. 타인의 시선으로부터 벗어나 보는 일, 관심의 바깥에 머물러 보는 경험은 굉장히 소중하다. 존재감이 옅어 참 다행이다. 필요한 만큼의 관심을 받지 못해 슬플 때도 있었지만, 넘치는 관심과 기대를 감내할 만큼 단단한 사람은 아니었다. 내가 준비될 때까지 다소 부족한 관심을 받은 것이 나에게는 더 나은 환경이었다.

감당할 수 있을 만큼의 관심만 받으며 살고 싶다. 훗날 능력이 높아져 비중 있고 책임 있는 일이 주어지면 자연히 관심이 내게로 옮겨질 수도 있겠다. 그리고 그때 즈음엔 좀 더 단단한 사람이 되어서 다른 사람의 시선과 관심을 흔쾌히 받아들일지도 모른다. 관심의 양날을 잘 안다면, 존재감에 대해 조금은 초연해질 수 있지 않을까. 주목받는 것에 지나치게 매료되거나 반대로 너무 두려워하며 살고 싶지 않다.

워낙 관심을 받지 않는 채로 살아왔으니, 요즘에는 관심을 모아 보려고 한다. 그런 삶의 이점도 경험하면서 시야를 넓히고 싶다. 실제로도 나의 존재감이 조금씩 커지는 게 보여 색다른 느낌이다. 하지만 근본적인 내 삶의 기조는 자유이며, 있는 듯 없는 듯 반투명하게 살아가는 삶도 만족스럽다.

좋은 사람이 되는 길이란?

삶에서 우울함을 하나둘씩 걷어 냈을 때, 가장 먼저 세운 목표는 불완전하고 미숙한 나를 청산하고 '좋은 사람'이 되는 것이었다. 더 이상 스스로를 싫어하지 않고 싶었고, 나를 좀 괜찮은 사람으로 가꾸어 보고 싶었다.

좋은 사람이란 어떤 사람일까. 목표를 세우자니 막연했다. 그저 '좋은 사람'이라고 하면 너무 광범위하니 성격으로 좁혀서 생각해 보기로 했다. 좋은 성격이란 무엇일까? 가장 먼저 떠오르는 건 다른 사람들과 밝고 원만하게 어울리는 모습이었다. 아무래도 나는 내향적인 성격의 사람이다 보니 그에 따른 단점이 크게 느껴졌다. 숫기 없고 사람들과 쉽게 어울리지 못하는 성격이 대인관계에 미치는 악영향이 큰 것 같았기에 조금이라도 외향성을 높이고 싶었다. 외향성을 높이는 것 자체를 목표로 삼을 수는 있겠지만 애초에 성격이라는 것이 의도한 대로 쉽게 바뀌는 것인지 의구심이 들었다. 성격은 태어날 때부터 타고나는 것이라고들 하지 않던가. 후천적인 노력이 변화에 영향을 미칠 수 있을지 걱정되었다. 하지만 조금의 가능성이라도 보인다면 시도하는 게 좋을 테니 변화의 기회를 노리기 시작했다.

마침 계약 기간이 짧은 일자리를 구했다. 다른 사람들과 같은 공간에서 온종일 함께하는 것이 아니라 짧은 시간 동안 잠깐 머무는 근무 형태였기 때문에 부담이 덜했다. 그리고 모두 모르는 사람들뿐이라 이미지 변신을 하기에 적합한 여건이었다. 외향적이란 평은 듣지 못하더라도, 너무 조용하다는 소리만 듣지 말자. 그런 마음으로 일을 시작했다.

평소라면 누군가 말을 붙여 주지 않는 이상 가만히 있고, 묻는 말에만 짧게 대답했을 것이다. 하지만 바뀐 장소에서는 밝은 표정을 지으며 먼저 다가가고, 살갑게 사람들을 대하고, 예전보다 싹싹해지려고 했다. 일터가 아닌 곳에서도 노력을 이어 나갔다. 특히 말주변을 기르는 데에 집중했다. 나는 말수가 적어 친한 친구와 대화할 때도 내 이야기를 하기보다 친구의 이야기를 듣기만 하였으니 말이다. 친구를 만나는 날에는 어떤 이야기를 할지 미리 생각해 두기도 했다. 준비한 만큼의 이야기를 못다 한 날도 있었지만, 그래도 듣기만 하다가 조금씩이라도 내 이야기를 꺼내는 경험은 신선했고, 재미있었다.

짧은 계약 기간 덕분인지, 낮은 기대치 덕분인지는 몰라도 너무 조용하다는 평을 받지 않는 것은 생각보다 쉬웠다. 정확히 보자면 성격이 확 바뀌었다기보단 행동이 약간 바뀐 수준이었다. 하지만 나에게는 그 정도의 변화도 유의미했고, 그 작은 변화로 내 생활 모습이 꽤나 많이 바뀌는 걸 실감할 수 있었다. 그때가 아마 살면서 가장 많은 사람들 속에서 북적대며 지냈던 시기가 아니었을까. 사람들과 보내는 시간이 늘고, 여기저기에서 나를 부르면서 자리에 끼워 주는 게 고마웠다. 나는 꽤나 잘 융화된 것 같았고, 사람들도 나를 좋아하는 것 같아서 흡족했다. 내가 원했던 만큼의 외향성은 가지게 된 것 같았다.

아이러니하게도 그게 행복으로 이어지지는 않았다. 예전보다 어색하지 않게 말하게 되었지만, 말이 많아지니 실수도 잦아졌다. 집에 돌아오는 길 위에서 얼마나 많은 후회를 반복했던가.

짠ー

집에 가고 싶다…

집에 있었으면 쉬면서
책 보다가, 그림 좀 그리고,
씻고, 누워서 음악 듣고
있었을 텐데.

나한텐
그런 게
소중했구나…

짠ー
음음

죄수복처럼 보이는 건
기분 탓입니다(…)

사람들이 나를 잘 불러 주었지만, 술자리에서 시간을 보낼 때면 그다지 재밌지 않고 쉽게 지쳤다. 빨리 집에 가서 그림이나 그리고 싶다는 생각을 했다. 내가 좋아했던 취미 활동, 혼자 몰두하던 시간, 운치를 느끼는 조용한 휴식. 그런 것들의 소중함을 뼈저리게 느꼈다. 결국 계약 기간이 끝나고 원래의 성격으로 회귀하게 되었다. 성격을 바꾸려는 나의 시도는 성공했다고 해야 할까, 실패했다고 해야 할까.

하지만 그 후로 나라는 사람이 전과는 조금 다르게 느껴졌다. 많은 사람들과 어울리지는 않았지만 소수의 사람들에게 집중하고 마음을 쏟아 왔으며, 혼자 사색하던 시간들이 모여 작품의 밑바탕이 되었다는 것을 깨달았다. 싫어하기만 했던 그런 특성들에도 좋은 점이 많았다는 걸 뒤늦게 알게 되었다.

변화를 시도하면서 내향적인 성격을 다루는 책도 많이 읽었다. 내향성과 창의성의 관계, 내향적인 사람이 지닌 리더로서의 자질 등 내향적인 성격의 장점을 어필하는 책들이었다. 책을 읽고 내향성에 관한 부정적인 편견이 많이 깨졌고, 나의 성격을 조망할 수 있었다. 모든 것에는 일장일단이 있으며, 좋을 수만은 없다는 원리는 성격에도 적용되는 것 같았다. 성격의 모난 부분을 발견하는 일은 독특한 개성을 발견하는 일과 동일하다는 생각마저 든다. 모든 면이 둥글다면 부딪힐 일이 없고 불편한 상황도 없을 것이다. 모난 부분은 자꾸 거슬리고 다소간 불편함을 주지만, 그 신호를 통해 장점 또한 찾아볼 수 있지 않을까. 단점을 뒤집어 보면 장점이 되는 것도 많지 않던가. 성격의 단점을 보고 자신을 무조건 깎아내리기보단 그로 인해 어떤 장점을 얻었을까 생각해 보는 것은 의미가 있었다. 그런 사고를 통해 무조건적인 자기 비하, 감정적 좌절에서 조금은 벗어났다.

때론 과학적 개념에서 삶의 지혜를 얻기도 한다. 진화 생물학자 리처드 도킨스의 저서 《이기적 유전자》에서 알게 된 적자생존이라는 개념은 내 삶에 새로운 패러다임을 가져왔다. 어떤 개체의 우열이 이미 정해져 있는 것이 아니라, 각 개체가 처한 환경에 따라 달라진다는 것. 강한 것이 살아남는 것이 아니라, 환경에 잘 적응한 것이 살아남는다는 발상. 지금은 우세에 있는 속성도 환경이 바뀌면 얼마든지 생존에 위협이 되는 요인이 될 수 있으므로, 다양성을 통해 생물은 환경에 유연하게 적응한다는 것이 책의 주된 논지였다. 책에서는 유전자가 환경의 급격한 변화에 대비해 변이된 개체도 하나둘 남겨 둔다는 것으로 돌연변이의 가치를 설명한다. 나는 이 이론에서 큰 위로를 받았다. 생존을 기준으로 본다면 어떠한 특성도 절대적 우열로 고정되어 있지 않다는 것, 그것만으로도 조금 안도가 되었다. 이제까지는 내가 가진 성격의 취약점에 집착하거나, 무의식적으로 내가 열등하다는 생각을 가지고 있었다. 그러나 성격 자체도 처한 환경에 의해 다르게 발현될 수 있으니, 다른 사람과 나의 성격을 비교하기보다는 내가 가진 성격으로 잘 생존할 수 있는 방법을 강구하게 되었다.

어쩌면 내가 생각했던 이상적인 사람이란, 모든 환경에 유연하게 적응하는 사람이 아니었나 싶다. 궁극적으로 모든 두려움은 생존을 위한 욕망에서 나온다. 그런 의미에서 세상에 잘 적응하는 사람들의 생존력이 굉장히 부러웠다. 어딜 가나 잘 사는 사람은 대체로 모나지 않고 무난한 사람이었다. 내향성과 외향성의 중간에서, 내향성의 장점도 지니고 있으면서 타인과 외향적으로도 어울리는 사람. 체계적이고 계획적이면서도 적당히 순발력이 있는 사람. 전통을 중시하면서도 열려 있는 사람. 모순된 두 특성의 가운데에 위치할수록 두 가지 속성을 고루 갖추고 있는 것 같아 좋아 보였다. 양극단으로 치우칠수록 강점은 도드라지겠지만 어느 환경에는 특히 취약해질 것이다. 두 특성의 가운데에 위치하는 사람은 상대적으로 어디에서든 잘 적응할 것이고. 나는 스스로가 그렇게 되길 원했다. 어떻게 보면 장단점이 뚜렷하지 않은 것을 바라 왔던 걸지도 모르겠다. 강점이 도드라지는 것보다 취약점이 없는 것, 특징이 뚜렷한 것보다 중도를 유지하는 것, 개성이 강한 것보다 평범한 것. 이것은 곧 성숙한 어른의 특성이 아닐까. 한마디로 나는 어른이 되고 싶었다.

반면 나는 너무나 치우친 사람이었다. 운이 좋아서 나에게 맞는 환경에 처할 때는 반짝 빛을 내기도 했지만, 대체로 사회에 능숙하게 적응하지 못하는 취약함을 보였다. 어른의 속성을 너무나도 잘 갖추고 있는 주변 사람들을 보며 박탈감을 느끼기도 했다. 나만 낙오된, 몸만 어른인 아이라는 생각을 지울 수 없었다. 사회생활에 필요한 최소한의 외향성을 갖추는 일조차 버거웠다. 모두들 사회생활에 잘 적응해 나갈 무렵에도 나는 적응은커녕 내 성격적 문제를 다루기에 급급했다. 그들과는 출발선부터가 다른 듯했다. 또래들이 점점 큰 책임을 맡고 부지런히 자리를 잡을 때도 나는 생각만 많고 행동은 적었다. 그들은 뚜렷한 목표를 정해 놓고 그것을 향해 나아갔다. 경제적으로 사리에 밝았고, 뚜렷한 성과를 냈으며, 현실을 착실하게 살았다. 그에 비해 나는 아직도 이상과 낭만 속에서 살고, 더 큰 책임을 회피하고, 넓은 세계를 탐색하며 미성숙한 채로 머물고 싶다는 욕망만 가득 찬 어린아이 같았다. 많은 것을 짊어지고 감당하기에는 벅차니까 좋아하는 것만 누리고 싶은 마음. 나아갈 곳을 정하지 못해 여전히 방황하는 삶. 어쩌면 방황하는 것이 아니라 부유하기로 '결정'한 삶일지도 모르겠다.

미래를 향해 달려가는 주변 사람들을 보며 나도 어른이 되려는 노력을 해야 하는 것인지 고민에 빠졌다. 어른이 되려면 세상이라는 틀에 맞게 모난 나를 깎아 내거나, 최소한 나를 덜 깎을 수 있는 환경이라도 찾아 나서야 했다. 하지만 어느 방향으로 자신을 개선해야 하는지도 몰랐고, 어른이 되어야 하는 것 그 자체에도 확신을 가지지 못하고 망설이기만 했다.

이런 나 자신이 너무 철없고 어리게만 느껴진다고 친한 친구에게 하소연하니, 친구는 '어른의 속성을 갖춘다는 미명

아래 네가 가진 좋은 속성들이 깎여 나가지 않으면 좋겠어'
라고 거듭 말해 주었다. 내가 나의 철없음을 자책하듯, 지구
반대편의 어른스러운 누군가는 너무 많이 깎여 나가서 자신
의 원래 모습이 어땠는지조차 알 수 없음에 고민하고 있을지
모르겠다. 혹은 너무 열심히만 달려와서 자신의 철없음을 들
여다볼 시간조차 없던 사람도 있을 것이다. 동전의 양면처럼,
나는 내가 가지지 못한 한쪽 면을 그리워하며 사는 것 같다.
마치 내향성의 좋은 점을 보지 못한 채 외향성만 동경했던
것처럼. 외향성이 내향성보다 우월한 것이 아니듯, 성숙이 미
성숙보다 우월한 것은 아니다.

어른이 아니면 어때. 어떤 성격을 가지고 있든, 미성숙과
성숙의 사이 어디쯤에 위치하든, 생존을 위해 존재하는 방
식 자체에는 옳고 그름이 없다. 잘 적응하여 생존하고 있는
생물 사이에 우열을 가릴 수 없듯이 잘 지내고 있는 사람의
삶도 우열을 가릴 수 없다. 함께 살아가기 위한 윤리나 도덕
성을 갖추고 있다면, 성향이나 성격, 취향, 생활 방식과 같은
요소로 타인의 삶을 함부로 깎아내려서는 안 된다. 타인을
함부로 판단하거나 평가할 수 없다는 사실을 늘 잊지 말아
야겠다고 다짐한다. 그런 기본적인 마인드셋을 갖춰야 어떤

모습의 나든 있는 그대로 사랑할 수 있을 테니까.

성장 영화 속 주인공들은 초반에는 미성숙하고 어리숙한 인물로 묘사된다. 그리고 일련의 사건을 겪으며 점차 어른스러운 인물로 변모하고 이야기는 마무리된다. 영화 〈프란시스 하〉가 대표적이다. 주인공 프란시스도 영화 초반에는 미성숙의 극치를 보여 준다. 명랑하고 순수하지만 눈치가 없고 자립하기엔 경제적 능력도 부족하다. 감정적으로도 친구에게 굉장히 의존한다. 프란시스는 어딘가 위태해 보이는 시절을 지나 점점 어른이 되어 간다. 미성숙한 자아는 개성이 있다. 미지의 영역이 넘치는 세계를 신기해하면서 동시에 두려워하고, 지니고 있던 호기심의 크기만큼 세계에 독특하게 반응한다. 하지만 미성숙의 대가는 괴로움과 불안이다. 변화무쌍한 만큼 정해진 것이 없고 나아가는 방향도 없다. 영화의 후반에서 사회에 적응한 인간으로 평온과 안정을 찾은 프란시스를 보며, 성숙함이란 확실성의 길로 나아감을 의미하는 것인지도 모르겠다는 생각을 했다.

영화를 처음 보았을 땐, 미성숙한 프란시스의 유치한 행동들이 꼭 나를 보는 것 같아서 수치심마저 느껴졌다. 성숙한 것은 우월하고, 미성숙한 것은 열등하다는 시각이 나로 하여금 초기의 프란시스에게 혐오감을 가지게 한 것이다. 그리고 종래에 성숙함을 얻게 된 프란시스를 보고 굉장히 안도했다. 하지만 시간이 흘러 다시 영화를 보았을 때는 결말이 조금 다르게 와닿았다. 성숙해진 프란시스는 여전히 멋있었지만 그런 프란시스를 보는 내게는 형언할 수 없는 슬픔이 찾아왔다. 성장과 동시에 미성숙함 속에서만 포착되었던 고유한 모습들이 사라진다고 생각하니 아쉬움이 드는 건 왜일까. 이제는 초기의 프란시스가 밉지 않다. 조금은 그립다는 생각마저 드는 걸 보면, 우열로만 판단하던 내 안의 잣대가 언제부턴가 허물어졌음을 알아차린다.

나는 여전히 좋은 사람이 되고 싶고, 어른이 되고 싶다. 때론 외향적인 사람이 되어도 좋겠고, 때론 어딜 가나 둥글고 무난한 사람이 되고 싶기도 하다. 하지만 동시에 무언가 되려 하지 않아도 괜찮다고 생각한다. 어른스럽지 않아도 괜찮다. 외향적인 사람이 되지 않아도 괜찮다. 한 가지 분명한 것은 지금의 모습도 돌이켜 보면 애틋하게 느껴지는 때가 올 것이라는 예감이다. 그렇기에 나는 무언가 되려 하지 않고 그저 존재하는 방식을 긍정하면서 음미하는 삶을 살고 싶다.

질투는 나의 적

명언 읽는 걸 좋아한다. 하지만 특정 명언이 모든 상황에 들어맞을 수는 없기에 아무리 좋은 명언이라고 해도 다소간 비판적인 자세로 볼 필요가 있음을 늘 염두에 두는 편이다. 해답이나 가르침을 얻으려는 게 아님에도 명언을 읽는 이유는 내 마음을 명확하게 알 수 있기 때문이다. 여러 명언을 읽다 보면 눈길을 끄는 글귀가 있는데, 왜 지금 시기에 꼭 그 명언이 와닿는지를 곰곰이 생각해 본다. 그러다 보면 나도 몰랐던 나의 마음을 알게 된다. 사람은 듣고 싶은 것만 듣는다고, 내 마음을 잘 대변하는 명언에 눈길이 가는 것은 어쩔 수 없나 보다. 마음이 갈팡질팡할 때 명언이 깨달음을 주는 게 아니라, 그 명언을 고르게 된 이유가 결국 깨달음을 준다. 그렇게 명언 고르기는 나만의 특이한 취미가 되었다.

모든 명언에는 나름의 의미가 있다고 생각한다. 하지만

결코 동의하고 싶지 않은 명언도 있다. 프랑스의 소설가이자 극작가 쥘 르나르가 남긴 말이다. "게으름에 대한 보복에는 두 가지가 있다. 하나는 자신의 실패요, 하나는 네가 하지 않은 일을 한 옆 사람의 성공이다." 이 명언을 읽고 지독한 악몽에 시달리는 느낌을 받았다. 이 문장과 처음 마주했던 당시의 나는 비교와 불안에 휩싸여 괴로운 시절을 보내고 있었기 때문이다. 어떤 것에 크게 데고 나면 보통 이상의 반감을 가지게 되는데, 나에게는 저 명언이 그랬다. 항상 뒤처지는 느낌, 생산적인 일을 해야만 할 것 같은 불안감, 남들의 성공에 대한 자격지심과 질투, 경쟁과 비교 심리, 그런 부정적인 감정들을 모조리 용광로에 넣고 녹여 내 만든 것 같은 절묘한 명언. 저 명언을 읽고 있자면 마음 한구석이 꽉 막히는 느낌마저 든다.

비교만큼 사람을 피폐하게 만드는 행위가 없고, 질투만큼 파괴적인 감정이 없다. 질투라는 감정을 다루는 것이 너무 어려웠다. 남과 나를 끊임없이 비교하고 질투에 시달렸다. '질투했다'라는 표현이 아니라 '질투에 시달렸다'라는 표현이 맞을 정도로 통제가 잘 되지 않았다. 내 의사와 다르게 날뛰는 질투심이 괴로웠다. 남과의 비교나 질투를 발전의 원동력으로 여길 수도 있겠지만 나는 동의하지 않는다.

시인 기형도의 〈질투는 나의 힘〉이라는 작품을 몇 번이고 읽어도 나는 질투를 힘으로 승화시키지 못했다. 그 감정에 붙잡혀 있느라 시간을 더 허비했다. 질투나 다른 욕망에 쫓겨서 추진했던 일들보다 진정으로 좋아해서 편안한 마음으로 진행했던 일들이 더 좋은 결과를 맺은 경우도 많았다.

질투는 결국 욕망에 근거한다. 그리고 사람의 욕망은 언제든지 변하는 속성을 지니고 있다. 마치 어떤 음식을 먹으면 맨 처음 한 입은 굉장히 맛있지만 배가 불러올수록 점점 맛없게 느껴지는 것처럼. 그리고 이내 다른 맛을 느끼고 싶어 하는 것처럼. 욕망이 변한다는 건 불타고 있는 질투 또한 언젠가 반드시 사그라진다는 말과 같다. 영원할 것만 같은 이 욕망의 불씨도 언젠가는 꺼지게 된다는 사실을, 질투가 타오를 때 알았더라면 평정심을 조금 더 수월하게 찾았을 텐데. 욕망이 변한다는 것은 때론 싫기도 하지만, 이럴 땐 안도감을 준다.

질투를 전화위복의 기회로 삼을 수도 있다. 타오르는 질투를 가만히 들여다보면 자신의 욕망이 확실하게 보이기 때문이다. 가끔은 무엇을 원하는지조차 모른 채 그저 공허할 때가 있다. 어떤 대상을 향한 질투만 느껴질 뿐이다. 그때 질투라는 확실한 감정을 통해 내가 실은 무언가를 원해 왔다는 것을 깨닫기도 한다. 몰랐던 자신을 알 수 있다면 꼭 나쁜 것만은 아닐지도 모르겠다. 질투심을 통해 내가 가지고 싶은 '속성' 자체에 집중하는 것은 오히려 건설적이다.

누군가에게 질투가 나면 내가 가지고 싶은 무언가를 발견했다고 생각하기로 했다. 누군가가 너무 부러울 때, 부러움을 넘어 시기심이 들 때는 상대를 미워하지 않고 저 사람의 영혼이 나와 맞닿아 있어 울림을 주는 거라고 생각했다. 그러면 동질감이 생겼다. 추구하는 바가 같다는 건 적으로 간주할 것이 아니라 나와 가장 가까운 한편이 생겼음을 의미하기도 했다. 그렇게 생각하면 시기심은 사그라들고 상대가 다르게 느껴졌다. 나에게 강렬한 감정을 불러일으켜 주었다는 사실만으로도 그는 귀한 사람이었다.

질투라는 건 나의 은하계가 아닌 다른 은하계에 살고 싶다는 불가능한 욕망을 꿈꾸는 것과 비슷하다. 타인에게서 내가 가지고 싶은 요소를 발견할 때 자신의 우주는 굉장히 열등하게 느껴지고, 상대의 우주는 빛나 보인다. 반짝이는 것에 이끌리는 건 어쩔 수 없는 본성 같다. 그렇게 나는 무수히 많은 불빛들을 따라다니다가 어느 날 문득 멈추어 생각했다. 아무리 타인이 빛나 보여도 그 사람의 세계를 내가 절대 경험할 수 없다는 걸. 결국 나는 내 은하계에만 머물 수 있다. 사람은 자기 자신으로밖에 존재할 수 없으니까. 그건 의심할 여지없는 사실이었다. 빛나 보이는 것을 흉내 낼 수는 있겠지만, 결국 받아들이고 해석하는 것은 나의 세계 안에서 이루어지는 일이다. 나는 내 세계 안에서만 존재하며, 누구의 세계도 침범할 수 없다는 사실. 그리고 나의 세계도 누군가가 침범할 수 없다는 사실. 그걸 자각하고 나서는 빛나는 것에 이끌리기보다 나의 세계에 더 집중하게 되었다. 빛나는 보석을 타인의 세계에서 발견했더라도 그 보석을 동일한 형태로 내 세계에 가져올 수는 없기에 탐내는 것은 무의미하다.

우주에서는 비교가 필요 없다. 내 세계에만 오롯이 집중하면 된다. 누구도 내가 느끼는 것과 같은 방식으로 세계를 체험할 수 없다. 나의 우주가 위태롭든 불만족스럽든 내 우주 안에서 일어나는 일들을 관찰하고 음미하는 것을 좋아한다. 그 소중한 시간 동안 타인의 우주만 엿보는 것은 허무하다. 내 우주에 질서와 규칙을 부여하는 것은 나 자신이다. 다른 우주에서는 나의 방식이 틀릴 수도 있지만 내 우주 안에서는 마음껏 자유로울 수 있다.

어렸을 땐 나 자신과 별로 친하지 않았다. 남들이 더 좋아 보여서 남과 나를 바꾸고 싶었다. 저 사람의 인생을 살면 얼마나 좋을까. 그런 생각을 자주 했다. 그런데 나와 함께 웃고 울던 추억들이 많아지고, 나와 함께 일궈 낸 유의미한 결과들이 생겨날수록 나를 바꾸고 싶지 않아졌다. 그렇게 나만의 역사를 써 왔고 이젠 그것이 마음에 든다. 내 역사가 근사했던 것은 결코 아니다. 오히려 질척이는 역사라는 표현이 더 어울린다. 하지만 나만이 알고 있는 역사를 굳이 다른 사람과 바꾸고 싶지는 않다. 자신의 역사를 착실하게 쓰지 않으면 질투심이란 나이에 관계없이 발생할 수도 있다. 인생에 열심히 집중한다면 나이가 들수록 질투심이 더 옅어지지 않을까.

"만약에 다시 태어날 수 있다면, 너로 태어날 거야?" 내가 자주 건넸던 질문이기도 하고, 때론 받기도 했던 질문이다. 내가 나인 게 너무 싫었을 때는 반출생주의에 탐닉했기에 태어남 자체를 선택하지 않으려고 했다. 하지만 요즘에는 이 질문에 크게 망설이지 않고 그렇다고 답한다. 나라는 사람이 만족스럽기 때문이 아니다. 자신을 사랑해서라기엔 늘 그렇지도 않다. 하지만 확실히 말할 수 있는 것은 나는 그저 나와 가장 친하다는 점이다. 여러 문제를 함께 해결해 오면서 가장 잘 알게 된 상대. 그래서 나는 내가 제일 편안하다. 나락으로 떨어져도 나를 붙잡는 방법을 가장 잘 아는 것도 나 자신이다. 언제 기뻐하고 언제 슬퍼하는지 가장 잘 아는 것도 나 자신이다. 스스로를 기쁘게 하는 방법과 괴롭히는 방법을 모두 잘 알고 있다. 나는 나와 가장 친하다는 의미에서, 다시 태어나서 또 나를 만난다면 마음이 가장 편할 것 같다. 나는 내가 마음에 든다. 자기애와는 또 다른 개념이다. 오래 함께해 온 의리라고 해 두자.

동경과 질투는 한 끗 차이다. 이제는 질투라는 감정을 동경으로 자연스레 처리할 수 있게 되었다. 누군가가 멋져 보일수록 그 사람을 닮고 싶은 마음이 커질 뿐, 나쁜 감정은 들지 않는다. 오히려 그런 사람을 만날 수 있게 되어 행운이라는 생각을 한다. 질투하는 법을 이제는 거의 잊어버린 것 같다. 깨끗한 마음으로 누군가를 순수하게 응원할 수 있어서 기쁘다. 부작용이라면 누군가도 나를 질투할 수 있다는 사실을 자꾸 잊는 것이다. 내 마음에 질투심이 사라지니, 타인도 당연히 그럴 것이라고 생각하기 때문이다. 동경하는 이가 생기면 쫓아다니고, 너무 순수하게 타인을 믿고 따르는 나를 보며 절친한 선배가 말해 주었다. 그 사람이 아무리 완벽하고 좋은 사람처럼 보이더라도, 그 사람도 너를 질투할 수 있다고. 그 부분은 늘 경계해야 한다고.

"저를 질투한다고요? 왜 굳이 저를 질투하겠어요."
"그 사람도 사람이야. 그리고 내가 보기엔 너도 충분히 질투할 만한 사람이야."

누군가도 나를 질투할 수 있다는 말. 한 번도 누군가가 나를 질투할 수 있다는 가능성을 생각하지 못했다. 아마 나에게는 내 장점이 당연하게 느껴져서 티가 나지 않고, 단점은 불편함으로 극명하게 느껴져서 그랬던 것 같다. 누군가가 나를 질투한다면 좋게 봐 줘서 마냥 기분이 좋다가도 금세

아릿한 감정이 들 것 같다. 굳이 그러지 않았으면 하는 마음
이겠지.

　예전에는 내 안의 질투를 잠재우는 방편으로 타인에게
도 분명 결핍이 있을 거라고 추측하곤 했다. 저렇게 잘나 보
여도 마음속엔 시커먼 부분이 하나쯤은 있겠지. 자꾸만 그
런 가정을 하는 게 썩 내키지 않았다. 타인의 마음속에 음침
한 부분이 있을 거라고 상정하는 것이 나쁜 버릇처럼 느껴
졌다. 그런데 이제는 나쁜 버릇이라고 느꼈던 것이 오히려 상
대를 배려하는 습관일지도 모르겠다는 생각이 든다. 훌륭해
보이는 상대에게도 결핍이 존재할 수 있음을 알고, 상대를
마냥 동경하며 반짝이는 눈으로만 바라보지 않는 자세. 상
대를 너무 이상적으로만 바라보지 않는 태도. 반짝이는 상
대가 나를 질투한다는 것은 복에 겨운 상황일지도 모른다.
하지만 내가 좋아하는 사람이 나를 질투하며 괴로움을 겪
는 것은 나에게도 꽤나 속상한 일이다. 누군가가 나를 질투
하지 않도록 겸손하게 사는 것에 대해서도 한 번쯤 고민하게
된다. 나의 허상 때문에 누군가가 괴로워하는 일은 헛웃음이
날 만큼 어처구니없이 슬프기 때문이다.

혼자 남을 것만 같은 기분이 들 때

꿈을 자주 꾸는 편은 아니지만 한번 꿈속에 빠지면 꽤 몰입하는 편이다. 특히 깨어나기 직전에 꾼 꿈은 몰입도가 높아 더욱 생생하게 느껴진다. 꿈속에서 나는 가족이 없는 노인이었다. 그리고 내가 아는 대부분의 지인들은 노쇠하여 세상을 떠났다. 절친한 친구가 딱 한 명 남아 있었는데, 마침 그의 사망 소식을 들은 참이었다. 나는 허망한 마음으로 길거리를 걷고 있었다. 이제 세상에 나를 아는 사람은 한 명도 남지 않은 것이다. 세상은 여전히 북적였지만 나는 혼자 남게 되었다. 먹먹했다.

그렇게 눈을 딱 떴다. 아침이었고 평소와 같이 출근 준비를 했다. 밖을 나섰을 때 다행히 꿈속의 세상과는 느낌이 달랐다. 연락하면 닿을 수 있는 친애하는 사람들이 여럿 있으니. 그들에게 괜스레 아침부터 문자를 남겼다. 아직 세상에 혼자 남지 않았음에 안도했다. 그럼에도 먼 미래에 꿈속에서처럼 혼자 남은 세상을 맞이할 수도 있다고 생각하니 무서웠다. 세상은 어떨 때는 참 따스하다가 일순간 차갑게 느껴지기도 한다.

어렸을 때부터 막연한 불안감이 있었다. 일어나지 않은 일에 대한 걱정이 많았다. 가령 부모님께서 사고로 돌아가시면 어쩌지 같은 불안. 슬픈 건 둘째로 치고, 당장 나는 아이인 채로 아무것도 할 수 없는데. 그런 쓸데없는 걱정의 연속이었다. 커서도 형편이 나아진 것은 아니었다. 참으로 다양한 것이 무서웠다. 그것은 죽음일 때도 있었고, 늙어서 홀로 되는 것, 병들고 아픈 것, 때로는 가난이었다. 특히나 혼자인 밤에 그런 생각들이 종종 찾아왔고, 필연적으로 우울해졌다. 행복한 순간에도 행복을 온전히 누리지 못했다. 언젠가는 이 행복이 소멸할 것이라는 걸 알기에 슬퍼서 눈물이 날 것 같았다. 늘 끝을 생각했다. 어떤 순간이, 대상이, 혹은 그것을 뛰어넘는 무언가가 아름답다고 느껴질수록 더 슬펐다. 아름다움은 곧 슬픔이었다.

나는 걱정과 슬픔을 예민하게 느끼는 사람이었다. 걱정은 사실 생존 본능의 하나일지도 모른다. 미리 위험에 대비해서 나 자신을 지키고자 하는 마음. 하지만 어떻게 흘러갈지 모르는 인생에서 변수까지 생각하여 대비하는 것이 가능할까 의구심이 든다. 심지어 나의 불안과 걱정은 생존에 별 도움이 되지 않는 것, 오히려 행복을 해치는 것 같았다. 지금의 관점으로 볼 땐, 내가 어찌할 수 없는 영역에 휩싸여 슬퍼하고 고민했던 것, 그 이상도 이하도 아니었다.

걱정거리가 있을 때 적극적으로 헤쳐 나가려는 생각도 하지 못했다. 나의 무의식에 가장 깊게 자리 잡은 두려움은 혼자 남는 것에 대한 걱정이었다. 하지만 나는 세상은 당연히 혼자 살아가야 하며, 타인과 가족 이상의 두터운 관계를 맺는 것은 불가능하다고 생각해 왔다. 타인과의 이상적인 관계를 상상할 수조차 없었고, 그렇기에 노력하는 법도 몰랐다. 나에게는 적당히 얕은 관계의 친구뿐이었고, 다들 그런 줄로만 알았으니까. 긍정적인 경험이 없으면 좋은 상황을 떠올리지 못한다. 꿈꿀 능력을 잃는 것이 가장 무서운 일이다.

그런 나에게 우연히 작은 행운이 날아들었다. 대화 코드가 정말 잘 맞고, 마음이 따뜻하여 서로를 가족처럼 느낄 수 있는 친구가 생겼다. 버려지는 것을 걱정하지 않을 만큼 안정되고 진실된 관계. 한 줄기 빛과 같은 경험이 생기니 막연한 불안감이 조금씩 사라졌다. 의지할 수 있는 친구 덕분에 어두웠던 내 세계에 촛불이 하나 켜진 느낌이었다. 그리고 앞으로도 그런 친구가 더 생겨날 거라는 자신감이 생겼고, 처음으로 미래가 기대로 가득 차기 시작했다. 더 많은 촛불이 켜지면서 내 세계가 환해질 수도 있겠다는 희망이 보였다.

그 후론 벽을 허물고 타인에게 먼저 다가갔다. 좋은 사람이 보이면 놓치지 않고 내 인연으로 만들기 위해 노력했다. 물론 그 시도가 모두 성공한 것은 아니었지만, 이미 한 번 강렬한 경험을 했기에 쉽게 포기하지 않았다. 그리고 그런 시도가 거듭 쌓일수록 전보다 양질의 관계를 맺을 수 있었다. 진심을 나누는 사이가 더 많이 생겨났고, 앞으로 더 만들 수 있겠다는 확신도 생겼다. 맨 처음 초에 불을 켜는 것이 어렵다. 하지만 촛불 하나가 켜진 후 그것이 옮겨붙는 것은 삽시간이다. 어두운 세계가 밝아지는 것, 그 처음 한 번의 발화가 어렵다. 암흑 속에만 있으면 촛불이 있다는 것조차 알아채지 못하기 때문에 스스로 켜는 것이 어려울 뿐이다. 한 번의 긍정적인 경험으로도 세계는 충분히 밝아질 수 있다. 누군가가 나에게 불을 옮겨 주었던 것처럼, 나도 누군가의 첫 발화를 돕는 불길이고 싶다.

내 삶의 많은 영역에는 아직 불이 꺼져 있는 부분이 많다. 그래서 여러 난관에 부딪히곤 한다. 하지만 삶의 다양한 방면에서 불씨를 옮겨 줄 만한 사람이 존재하리라는 희망이 있다. 없던 불씨를 켜는 것은 어렵지만 불씨를 옮기는 것은 비교적 쉽다. 지혜롭고 현명한 사람들이 큰 힘을 들이지 않고 건넨 사소한 도움, 그 작은 조각이 나에겐 상당히 유용했다. '좋은 사람'이라는 희망의 존재를 상정하는 것만으로도 암흑 속에서 떨지 않고 때를 기다릴 수 있다.

마음속에 낙관주의가 자리 잡는 과정은 생각보다 단순했다. 문제를 잘 해결한 경험이 누적되니 미래의 나에게 믿음이 생겼다. 미래에 무슨 일이 발생해도 지금처럼 잘 해낼 수 있다는 믿음은 큰 힘이 되었다. 반대로 문제를 회피하거나 제대로 마무리하지 않은 채로 묻어 둘수록 미래가 불안하고 두렵게 느껴졌다. 미래에 마주할, 예측하기 힘든 문제를 스스로 해결할 수 없을 것만 같았기 때문이었다. 성공의 경험이 부재할수록 비관주의에 빠지기 쉽다. 막연한 불안함이 느껴질 때는 지금 내가 당면한 문제를 잘 헤쳐 나가는 것에 집중했다. 이 방법은 미래에 대한 걱정을 빠르게 씻어 내는 데 도움이 되었다.

"도망쳐서 도착한 곳에 낙원이란 있을 수 없는 거야." 만화 《베르세르크》의 명대사다. 회피만 하는 인생을 살았던 나에게는 뼈가 있는 말이다. 도망친 곳에는 천국이 없을 뿐만 아니라, 그런 회피의 경험이 누적되면 결국 나에게 큰 눈덩이가 되어 돌아온다. 회피의 대가는 가장 취약한 사람이 되는 것이다. 나는 회피를 가장 쉬운 문제 해결 방법이라 생각하며 살아왔다. 인간관계가 꼬이면 그 사람을 만나지 않거나 접촉을 최소화하는 방식으로 대처했고, 직업적으로도 힘들 때 극복할 생각보다는 나와 맞지 않으니 이직을 해야겠다고 마음먹었다. 대학을 졸업하고 갓 취업한 시기에 나는 내 직업에 대한 회의감부터 들었다. 시작하기도 전에 나와 맞지 않다고 생각했던 것이다. 진로와 관련하여 대학 교수님과 면담을 했다. 보통의 어른들은 현실적인 조언만 할 것 같아서 가장 열려 있다고 믿는 분을 찾아갔다. 아마 듣고 싶은 말을 해 줄 만한 사람을 찾아갔던 걸지도 모르겠다. 그분이라면 쌍수를 들고 새로운 도전을 격려할 것 같았다. 그런데 웬걸, 그분은 시작해 보지도 않고 그만둬서는 안 된다고 단호하게 말씀하셨다.

도망치기만 해서는 좋은 결말을 얻을 수 없다. 그 조언을 듣고 직업 전선에 과감하게 뛰어들었으나 예상대로 나와 맞지 않음을 깨달았을 뿐이었다. 다시 어딘가로 도피하고 싶은 마음이 몇 번이고 차올랐다. 하지만 그럴 때마다 교수님과의 면담을 떠올렸다. 이 힘듦을 해결하지 못한 채 다른 직종으로 옮겨 버리면, 그게 나의 발목을 잡을 거야. 지금의 문제가 다시 수면 위로 떠오르는 날이 올 거야. 해결하지 못한 채로 내버려 두면, 비슷한 상황에 다시 맞닥뜨렸을 때 똑같이 좌절하지 않을까. 그렇게 되고 싶지 않았다. 이 힘듦을 내 선에서 어느 정도 극복하고 가자고, 그래야 자신감을 잃지 않을 것 같았다. 도망치는 법만 배우다가 인생이 끝나지 않았으면.

그렇게 참고 일하다 보니 '잘하기'는 못해도, '계속하기'는 할 수 있겠다는 생각이 들었다. 지금 돌아보면 나의 특성과 맞지 않는 부분이 많았기 때문에 직장 생활에 그렇게 어려움을 느꼈던 것 같다. 하지만 직장 생활로 나의 취약했던 부분이 많이 보완되었다는 생각도 든다. 아무리 생각해도, 도망치지 않기를 백번 잘했다.

내가 있는 곳이 낙원은 아니다. 하지만 나는 이 길을 막다른 곳이라 생각하고 내 운명을 받아들일 것이다. 이곳이 낙원이 아니라면 내가 낙원으로 만들겠다고. 니체는 자신의 운명을 사랑하라고 말했다. 운명애(運命愛), 또 도망치고 싶은 마음이 슬그머니 올라올 때면 이 세 글자를 가슴 깊이 새긴다. 자신을 무능력한 존재로 만들고 싶거나 비관주의에 빠지고 싶다면 문제를 피하면 된다. 불안을 이겨 내기 위해선 과감히 맞서는 수밖에 없다는 걸, 무수히 도망친 길에는 남은 것이 없다는 걸, 나는 이미 알고 있다.

계약을 마치고 이사한 집에서 바퀴벌레가 나오는 소동이 있었다. 낡고 오래된 공동주택의 특성상 어쩔 수 없는 부분이었다. 처음엔 적잖은 충격으로 밤잠을 설쳤지만 이내 마음을 다잡았다. 이 경험을 잘 극복하면 나는 더 이상 바퀴벌레를 무서워하지 않는 사람이 될 수 있겠지. 벌레를 무서워하지 않는 사람, 꽤 매력적으로 느껴졌다. 그런 상상을 하니 나를 더 강인하게 만들 기회라는 생각이 들어 흥미진진했다. 바퀴벌레와 몇 번의 조우 끝에, 덜덜 떨면서도 스스로 잡을 수 있게 되었다. 두려워하는 걸 극복한 경험이 하나 더 추가되어서 그런 것인지 그 사소한 경험이 기뻤다. 아직 벌레가 나오면 태연하게 잡을 수 있는 경지에 도달하지는 못했지만, 마음의 평정을 유지하며 빠르게 대처하는 내 모습이 만족스럽다.

막연한 불안에 떨거나 걱정하는 인간이 되지 않으려면, 긍정적인 경험을 차곡차곡 쌓아 나가는 것이 가장 좋은 방법일 테다. 근육을 키우는 게 노년 건강을 위한 저축이듯이, 한 살이라도 젊을 때 크고 작은 성공의 경험을 많이 쌓아 두는 게 정신 건강을 위한 저축일 것이다.

혼자 남은 밤, 또다시 막연한 두려움이 스멀스멀 올라온다. 그러면 인생이 어두웠던 시절에 열심히 어둠을 내쫓았던 과거의 수많은 나를 헤아려 본다. 그들만큼 든든하고 고마운 존재가 없다. 내 안의 세계가 어두워질 때면 그들은 몇 번이고 다시 불을 켜 주었다. 오늘 밤도 그러했으며, 내일도 그럴 것이다. 나를 믿는 마음은 내 안의 불안이 차오를 때 이를 다시금 잠재울 수 있는 유일한 힘이다. 칠흑 같은 어둠은 매번 찾아오지만, 오늘도 편안히 잠자리에 누울 수 있다.

쓸데없는 일을 많이 하고 싶어

집 근처에서 아주 근사한 바를 발견했다. 이런 바가 있었다
니, 새로 생긴 건가 싶어서 검색해 보니 생긴 지 몇 년이나
된 곳이었다. 아마 후미진 골목길에 위치해서 눈치채지 못했
던 모양이다. 나는 그 바가 마음에 쏙 들었다. 건물 밖에서
본 빈티지한 외양뿐만 아니라 외진 곳을 선택한 주인의 소신
도 좋았다. 물론 경제적인 문제 때문에 좋은 상권을 차지하
지 못한 결과일 수도 있겠지만 말이다.

그 바를 예약하려고 검색하던 중, 바랐던 이미지와 가게
내부가 조금 다른 것을 알아챘다. 그래도 괜찮았다. 생각보
다 빈티지한 느낌은 아니지만, 새로운 장소를 경험하는 것
자체가 설레는 일이었다. 그런데 문제는 가격이었다. 내가 예
상했던 가격을 훨씬 웃돌았던 것이다. 결국 그 가격을 지불
하면서까지 방문하는 것은 합리적이지 않다는 판단이 들어

마음을 접었다. 그렇게 마음속에서 그 바를 지웠다.

나에겐 이상하지 않은 상황이었다. 이와 정확히 똑같은 과정으로 무언가를 포기한 기억들이 무수히 많았다. 흔하디 흔한 포기의 과정이었다. 그런데 한순간 이것이 슬프게 느껴졌다. 사소한 이유로 무언가를 곧잘 포기하고 굴복하는 삶, 어쩔 수 없이 납득을 반복하는 삶에 지쳐 갔다. 그렇다면 나는 도대체 무엇을 원할 수 있을까. 아니, 내가 무언가를 원하는 게 의미가 있긴 한 걸까. 나의 자유를 제한하는 것은 돈일까, 나 자신일까. 많은 생각이 오갔지만 내 상태를 굳이 정의 내리고 싶지 않았고 그저 허무했다. '가고 싶던 바에 가지 못해 슬펐다' 이 한마디로 충분했다. 잘 우는 편이 아닌데 그날은 자리에 앉아 아이처럼 하염없이 울었다.

돌이켜 생각해 보니 스스로에게 떼를 쓰고 싶었던 것이었다. 합리적이진 않았지만 감당하지 못할 가격도 아니었으니 조금 무리해서라도 가 보고 싶었다. 이렇게 열심히 일했는데 그 정도 돈은 쓸 자격이 있는 거 아닌가, 억눌러 온 감정을 보상받고 싶었다. 나는 늘 나에게 참는 법만 가르쳤고 포기하는 법만 배웠으니 한번은 내 멋대로 해 보고 싶다는 심술에 가까웠다. 하지만 감성이 이성을 이긴 적은 없었다. 한바탕 실컷 울고 나서, 마음을 추스를 때 즈음 결론을 내렸다. 그 바에 가는 일은 없을 것이라고. 슬프게도, 그날도 졌다.

늘 하고 싶은 것보다 합당한 것을 선택해 왔다. 합리적인 선택을 하는 능력은 유능하기 위해 필수적이었다. 공부나 일의 세계에서는 그런 것이 더 중요했다. 합리적으로 생각하고 실천해야 성과가 나고, 결과를 인정받을 수 있으니까. 감성보다는 이성에 훨씬 더 가치를 두게 된 것은 자연스러운 일이었다.

이성을 따르며 생활하니 감정 표현도 적었다. 긍정적인 감정이야 괜찮지만, 부정적인 감정일수록 그것을 표출하면 안 된다고 여겼다. 화가 날 때도 내 기분보다 화를 내도 될 만한 상황인지를 먼저 따져 보았다. 내 감정은 뒷전이었다. 그저 일이 일어난 상황을 객관적으로 파악하고, 그에 따라 적절하게 행동하는 것이 바람직하다고 생각했다. 효율적인 것과 생산적인 것이 좋았다. 무의미한 잡담으로 허비되는 시간이 아까웠고, 오락이나 놀이는 허송세월같이 느껴졌다. 투자 대비 남는 게 없다는 느낌이 들 때면 잃어버린 기회비용을 생각하곤 했다.

취미의 영역에서도 마찬가지였다. 좋아서 하는 것이 취미라고들 하는데, 눈에 보이는 그럴듯한 결과물이 있거나, 경력에 도움이 되는 성과를 창출하거나, 혹은 소소한 수입원이 되기를 기대했다. 취미는 놀이의 연장선으로 여겨야 했는데, 이미 관점부터 놀이가 아니었다. 놀이에는 결과를 바라지 않는 법이다. 결과물이 따르길 기대하는 순간 놀이는 노동으로 전락해 버린다. 즐기려고 시작한 취미 활동도 온전히 즐기지 못했다.

인간관계에서도 과정보다는 결과만을 추구했다. 누군가와 친밀감을 쌓고 관계를 발전시키는 과정 자체가 소중하다는 것을 그때는 깨닫지 못했다. 이미 맺어진 관계에 대해 더 노력을 해야 한다는 생각조차 못 했고, 대화를 중시하기보단 합의점을 찾고 결론을 내리는 것에만 급급했다.

그렇게 하다 보니 굉장히 무딘 사람이 되었다. "어떻게 해야 하는가?"라는 질문에는 쉽게 답을 내릴 수 있었지만 "당신은 어느 것을 더 아름답게 느끼는가?"와 같은 사소하고 쉬운 질문에는 답을 하지 못했다. 취향에는 근거와 논리가 없기 때문에 이런 질문이 가장 어려웠다. 나는 내가 무엇을 원하는지도 모르게 되었다. 늘 내면의 감정을 무시하고, 마음의 목소리에 귀 기울인 적이 없었으니 당연한 결과였다. 뒤늦게 마음의 문을 두드려 보았지만, 나의 내면은 말하는 법을 잊어버렸다. 결국에는 열심히 살아왔어도 정작 내가 무엇을 좋아하고 싫어하는지, 언제 행복한지, 어떤 사람인지도 모르는 지경에 이르렀다.

성장함과 동시에 나 자신을 잃어버린 게 아닐까 싶다. 나는 아이답게 실컷 놀지도 못한 채로 어른이 될 준비부터 했던 걸지도 모른다. 까마득한 아이였던 시절에는 좋고 싫음이 분명했다. 원하는 것을 또렷하게 파악하고 있었고, 그로 인해 많이 울기도 했지만 자주 웃었다. 그리고 진정으로 재밌게 놀 줄 알았다. 무언가를 즐기며 몰입하던 시기가 어린 시절이었다. 결과를 따지지 않고, 한바탕 놀고 나면 그걸로 그만일 뿐, 책임이 없었기 때문에 그만큼 자유로웠던 걸지도 모른다. 하지만 점차 어른이 되며 인내와 책임을 배웠다. 하고 싶은 것보다는 해야 하는 것을 우선시했고 아이처럼 구는 것은 창피한 일이었다. 좋고 싫음을 표현하는 것은 미숙한 표출 방식이며, 까탈스럽게 굴지 않는 것이 어른의 면모다 웠다. 낭만보다는 현실을 택하는 것이 바른 자세였다. 나는 그렇게 어른의 책임을 배웠고, 자유를 즐기는 법을 잊었다.

지나고 보았을 때 나를 행복하게 만들어 주었던 건 '쓸데 없는 것들'이었다. 돈도 되지 않는 취미, 친구들과 노닥거리 던 시간, 한껏 감성적이었던 하루, 농담과 장난과 놀이, 게으른 사색, 정처 없는 걸음…. 그런 쓸데없는 것들이야말로 영혼의 양분이 되는 일이었다. 한마디로 '낭만'이었다. 낭만이 빠진 삶은 공허하다. 그리울 것이 없고, 꿈꿀 것이 없는 삶은 죽은 삶과 같다. 마찬가지 맥락에서 예술을 하대하는 사회 는 발전은 빠를지언정 쉽게 공허해질 것이다. 아름다움이 없 다면 좋은 집에서 산들 삶의 소중함을 느낄 수 있을까.

나는 나의 감성에 충실하기로 했다. 그때는 누리지 못했 던 아이다운 삶을 누려 보기로 했다. 마음이 끌리는 것, 진 심으로 즐길 수 있는 것, 진정으로 원하는 것이 생길 때면 아무리 작고 사소할지라도 행동으로 옮겼다. 물론 책임이 따 르는 부분도 있다. 결코 그것을 무시할 수는 없다. 하지만 기 본적인 책임에 충실하다면, 나머지 삶의 부분에서는 조금 아이처럼 살아도 되지 않을까 생각한다.

마트에서 장을 보다가 우연히 무화과를 발견했다. 한 번도 먹어 본 적 없는 과일이었다. 호기심이 일었고 이 감정을 놓치고 싶지 않았다. 가뜩이나 떼를 쓴 적이 없는 내가, 먹어 보고 싶다고 작게 속삭이는 그 마음의 목소리를 무시하면 안 될 것 같았다. 결국 무화과 한 상자를 사 들고 집으로 돌아왔다. 먹어 보니 살구 잼과 비슷한 맛이었다. 특별한 것은 없었지만 나만의 과일 사전에 새로운 과일이 추가된 것만으로도 기뻤다. 나는 나만의 과일 사전을 채우는 쓸데없는 짓이 하고 싶어졌다.

다음 타깃은 아보카도였다. 들어만 봤지, 먹어 본 적은 없는 과일. 이 낯설고 새로운 과일을 다루는 과정은 즐거웠다. 먹어 보니 맛있진 않았다. 삶은 달걀노른자와 비슷한 맛이 났다. 그렇다고 실망한 것은 아니다. 아보카도를 먹기 전과 후의 내 삶은 하등의 차이도 없지만, 나의 의지로 아보카도와 만났고 사전을 채운 것 자체가 좋았다. 그거면 되었다.

무화과!

아보카도!

다음엔 콜라비를 시도해 보고 싶어요.

(과일은 아니지만요.)

곧 과일 사전뿐만 아니라 다른 주제의 사전도 펼쳐 보게 되었다. 감정의 목소리에 귀를 기울이다 보니 하고 싶은 일도 떠오르고, 가고 싶은 곳도 생겨나고, 무미건조한 삶에 활기가 돌았다. 웃음이 많아졌고 작은 것을 소중히 여기게 되었으며 사소한 것에 감탄하기 시작했다. 다시 오지 않을 이 순간을 붙잡고 싶다는 생각이 종종 들었다. 다른 사람들에게는 허무맹랑해 보일지 몰라도 나만의 꿈이 생겼으며 이상을 추구하기 시작했다. 그것을 좇으며 쌓인 경험들은 새로운 주제의 사전이 되었고, 다양한 사전을 채우는 것은 인생에서 추구하는 중요한 일 중 하나가 되었다.

나는 그 골목길의 근사한 바에 갔을까? 아니, 나는 여전히 이성의 말을 잘 듣는다. 그 바에는 가지 않기로 했다. 하지만 앞으로는 감성에 많이 져 주기로 했다. 요즘에는 그 약속을 충실히 지키는 삶을 살고 있다. 무모하고 즉흥적인 감성은 늘 엉뚱한 사건을 만들어 낸다. 그리고 그 뒷수습을 하는 이성이 느껴지면 회의감이 들기도 한다. 하지만 감성이 없었다면 많은 것들을 시작조차 하지 못한 채, 내 삶은 늘 제자리에 멈춰 있었을 것이라는 생각이 든다. 감성적으로 살다 보면 뒷감당을 하겠다는 각오는 필수다. 감성에게 무언가를 맡길 때는 이성에게 '이것으로 인해 훗날 잘못되더라도 감당할 수 있는가?'라는 질문을 건넨다. 이성이 'YES!'라고 답할 수만 있다면 대체로 괜찮았다. 감성에게 실수하지 않길 바라는 것이 아니라, 자칫 실수하게 될 상황까지도 책임지려는 자세가 진정으로 감성을 존중하는 태도가 아닐까 생각한다. 그 정도 각오라면 대개 큰 후회는 없다.

요새는 때때로 충동구매도 하고, 게을러 보기도 하고, 즉흥적으로 행동하기도 한다. 엉뚱한 일을 구상하기도 하고, 실수도 하고, 후회도 한다. 그게 싫지 않다. 떼를 쓰던 내면의 아이는 이제 자주 보채지 않는다. 아마 만족스럽기 때문일까.

이성을 따르면 초연하게 생활할 수 있을 것이라는 막연한 기대를 하던 시절이 있었다. 감정 기복을 잘 다루지 못할 때였다. 그래서 감정에 대해 부정적으로만 생각했던 것인지도 모르겠다. 그때는 감성을 더 억누르고 동요하지 않으려고만 했다. 이성을 따르면서 기계처럼 무덤덤하게 사는 것이 초연함에 가까운 삶이라고 생각했다. 하지만 그건 감성에 대한 오해였다. 감성을 존중하기 시작하면서 긍정적인 감정 기복이 생겼다. 기쁠 땐 크게 기뻐하고, 슬플 땐 재빨리 빠져나오는 능숙함을 배운 것이다. 그런 의미에서 초연함에 조금 더 가까워진 것 같다. 감성적인 삶이 초연하지 않다는 건, 아무리 생각해도 편견이었다.

합리성을 따지는 이성 덕분에 나는 신중하고, 조심성 있고, 어른스럽다는 평을 들어 왔다. 충동에 이끌릴 때는 이성 덕분에 중심을 잡을 수 있었다. 하지만 감성의 목소리를 외면한 채 살면 언젠가는 나를 잃어버릴 날이 올 거란 사실도 알고 있다. 감성의 목소리도 결코 놓치지 않아야 함을 잊지 않는다. 감성은 나에게 이성적으로 이해할 수 없는 쓸데없는 것들을 요구하지만, 가끔 시도해 보면 새로운 세계가 펼쳐지기도 한다. 허락되는 범위 안에서라면 때론 아이처럼 마음이 시키는 대로 행동하는 것도 나쁘지 않다. 자유와 낭만과 이상을 추구하는 일만큼이나 즐거운 게 또 있을까. 나는 인생에서 쓸데없는 짓을 많이 하고 싶다.

좋아하는 걸 많이 쌓아 놓아야
모래성이 되지 않는다

인생에서 하고 싶은 것을 차곡차곡 적어 놓은 목록, '버킷리스트'라는 단어가 생소하던 때가 있었다. 그 단어를 처음 접했던 당시의 나는 만사가 평화롭고 모든 게 순탄했지만, 어쩐지 마음은 공허했다. 버킷리스트를 적어 두면 의욕이 생기지 않을까, 하는 생각에 펜을 들었다.

아낀다는 핑계로 서랍 속에 모셔 둔 수첩을 꺼내 첫 장을 펼쳤다. 금방 채울 수 있을 거라는 생각과는 다르게, 한 줄도 써 내려갈 수 없었다. 하고 싶은 게 없었다. 그걸 깨달았을 때의 실망감을 아직도 잊지 못한다. 애써 머리를 짜내니 떠오르는 것이 있기는 했다. 살면서 한 번쯤 도전해 볼 만한 번지 점프라든가, 세계 곳곳의 랜드 마크에 가 보는 것? 하지만 '굳이'라는 생각이 뒤따랐다. 너무 거창해서 오히려 귀찮게 느껴졌다. 손쉬운 목표를 떠올려 보았다. 피크닉 가기 정도는 어떨까. 너무 쉬운 것들은 너무 쉬웠기에 시시했다. 다른 후보들도 머릿속을 스쳐 갔지만 이내 소리 소문 없이 사라졌다. 내가 진정으로 원한 게 아니었기 때문에 작위적인 목표라는 느낌만 들었다.

딱히 걱정거리도 없는 무탈한 상태. 누군가에게는 부러운 여건이었을지도 모르겠다. 하지만 나는 너무도 쉽게 의욕을 잃어버리곤 했다. 하고 싶은 것이 없다는 것은 삶에 대한 지탱력이 그만큼 약하다는 것을 의미했다. 내 삶은 작은 일에도 무너져 내리기 쉬운 모래성과도 같았다. 한 줌의 슬픔에 우울의 수렁으로 걷잡을 수 없이 빠지곤 했다. 살고 싶지 않다는 심각한 감정까지는 아니었지만 때론 사는 게 힘겨웠고, 지겨웠고, 귀찮았다. 아침에 눈을 뜨기 싫은 어떤 날에는 이런 문장을 끄적이기도 했다.

내일은 또 해가 뜨겠지.
다가올 매일 아침이 싫다.

이런 순간이 찾아오면 삶의 이유를 진지하게 생각하곤

했다. 하지만 답을 찾기는 쉽지 않았다. 삶의 이유는 매 순간 다른 것, 어쩌면 평생 찾아 나서야 하는 걸지도 모른다. 정답이 없다는 걸 알면서도, 잠정적인 답이라도 마련해 놓지 않으면 참을 수 없을 것 같은 기분이 들 때가 있다. 하지만 목표가 없는 채로도 살아야 하는 게 삶이고, 이건 어쩔 수 없는 일이다.

그런 상태로 좌절하거나 상처가 되는 일을 겪으면 아픔의 무게에 쉽게 짓눌렸다. 가장 최악의 상황은 하고 싶은 건 없는데 나를 힘들게 하는 일만 가득할 때였다. 그저 넘어지면 주저앉은 채로 가만히 있고 싶을 뿐, 다시 일어날 만한 하등의 이유가 없었다. 싫은 것을 상쇄할 만한 좋은 것이 없는 삶. 자기가 무엇을 좋아하는지 모르는 사람은 다르게 말하면, 힘들 때 흔들리기 쉬운 사람이었다.

여전히 무기력한 나날을 보내고 있을 때, 문득 예전에 친구와 함께 갔던 무한 리필 가게에 다시 가고 싶어졌다. 한 가지 음식을 무한정으로 계속 먹을 수 있다는 사실이 나의 낭만을 자극하던 곳이었다. 우여곡절 끝에 그 식당을 다시 방문했을 때는 마음에 뿌듯함까지 차올랐다. 하고 싶은 일이 마침 떠올랐고, 정말 실행했다. 그 단순한 경험이 썩 마음에 들었다. 그 후로 각종 무한 리필 가게에 방문했다. 그중 무한 리필 빵집이 가장 기억에 남는다. 누구나 어렸을 때 음식에 파묻혀 잔뜩 먹어 보는 상상을 한 적이 있지 않을까. 과자로 된 집을 마음껏 갉아 먹는다거나, 빵 속에 파묻힌 채로 빵을 먹는 상상. 어린 시절 환상처럼 특정 음식을 성에 찰 때까지 먹고 싶다는 욕구를 잘 노린 것이 무한 리필 가게였다. 어른이 된 나에게는 그런 식당을 찾아내고, 방문하는 여정 자체가 하나의 추억이 되는 느낌이었다. 그 전에는 맛집 탐방을 이해하지 못했는데, 나름의 낭만을 채우기 위해 부지런히 움직이는 것이라는 맥락에서 이해하게 되었다. 그런 점에서 무언가를 좋아하는 것은 세계를 바라보는 새로운 안경을 얻는 일 같았다.

음식에서 시작해 다른 장소들에도 눈을 돌리기 시작했다. 마음에 드는 장소가 떠오르면 찾아가고, 좋은 풍경을 발견하면 사진으로 남겨 두었다. 너무 깊게 고민하지 않고, 떠오르는 걸 실행에 옮겼다. 좋은 것들을 많이 경험하고 느끼다 보니 내 안에 사랑이 샘솟았다. 좋은 걸 보면 사랑하는 이들에게 보여 주기 위해 사진을 찍었다. 맛있는 걸 먹을 때면 사랑하는 이들에게 주려고 양손 가득 사 들고 갔다. 내 안에 행복이 충만하니 이것을 나누어 주고 싶다는 마음이 차올랐다. 나를 먼저 행복하게 만드는 것만큼이나 주변을 행복하게 만드는 것은 없었다. 그렇게 돌아다니다 보니 하고 싶은 것이 연이어 생겨났고, 내가 좋아하는 것이 무엇인지 하나둘씩 찾게 되었다.

정작 힘들 때 생각나는 건 거창한 삶의 목표나 방향성이 아니었다. 열정, 포부, 비전, 그런 멋진 녀석들은 내가 힘든 순간에는 어디로 쏙 숨었는지 모두 사라지고 없었다. 가장 밑바닥에 가라앉았을 때 묵묵히 옆을 지켜 주었던 것은 내가 좋아하는 것들이었다. 집 앞 카페에서 가장 좋아하는 메뉴를 시켜 놓고 일하는 것, 언젠가 감동을 주었던 명곡을 다시 들으며 추억에 잠기는 것, 골목길을 거닐며 가장 독특하게 생긴 건물을 발견하는 것, 기차를 타고 창밖 풍경을 하염없이 바라보는 것, 외진 오솔길을 걸으며 발소리를 듣는 것…. 아주 사소하다고 생각했던 좋아하는 것들이 모여 삶을 지탱할 힘을 주었다.

하고 싶은 것이 없으면 대체로 좋아하는 것도 뚜렷하지

않다. 그럴 땐 좋아하는 걸 새롭게 발견하려고 하기보다 지금까지의 경험을 찬찬히 돌아보았다. 어린 시절부터 과거의 나를 지나 현재까지. 이미 무언가를 좋아하고 있으면서도 알아차리지 못하는 경우도 많았다. 알고 보니 좋아했던 일, 그런 것을 되돌아보는 일이 좋아하는 것을 발견하는 방법이었다. 그렇게 좋아하는 것의 목록을 수집하기 시작하니, 하고 싶은 것도 자연스레 생겨났다. 나는 아주 단순한 것부터 써 내려가기 시작했다.

가족과 친구.
소중한 사람들과 더 많은 곳을 가고 더 많은 것을 해 보고 싶다.

좋아하는 색은 푸른색. 파란빛이 섞인 건 무엇이든 좋아해. 내가 좋아하는 색으로 된 옷이나 소품을 발견하면 꼭 사야지. 푸른색으로 잔뜩 꾸며진 카페가 있다면 그곳에도 꼭 가 보고 싶다.

최근에 또 좋아하는 색이 생겼어. 바로 자홍색.
친구가 골라 준 매니큐어 색인데 너무 좋다. 이 색으로 된

소품도 모으고 싶어.

가구는 앤티크한 걸 좋아해.

앤티크한 가구로 이루어진 분위기 좋은 카페에 가 보고 싶다.

별 모양 무드등도 사서 쓸쓸하고 외로운 밤에 틀어 놓고 싶어.

아, 그리고 극세사 담요도 포실포실한 것으로 사고 싶고.

얼마 전 꿈속에서 본 어떤 산.

산 정상에 올라가니 멋진 암벽 풍경이 보였어.

꿈속이랑 비슷한 풍경이 아니어도 좋으니

시야가 탁 트인 곳으로 가서 시원한 바람을 만끽하고 싶어.

내가 좋아하는 음식은 연어 초밥.

와사비는 집에 있으니까 연어를 사 와서 예쁜 그릇에 담아

먹고 싶어.

새벽 공기나 찬 공기를 마시는 것도 좋아하는 일.

찬 공기가 지닌 특유의 냄새와 차가운 느낌이 좋다.

비 오는 날에만 맡을 수 있는 흙냄새도 빼놓을 수 없지.

옥상이나 창가에서 야경을 가만히 바라보는 것도 좋아해.
야경이 주는 운치가 좋아.

그리고 역시나 놓을 수 없는 것은 독서.
힘들 때 수없이 많은 용기와 힘을 주었던 책들도 소중해.
질투가 날 만큼 사랑했던 문장을 발견할 때 자연스레 느껴
지는 감탄과 설렘들.

좋아하는 걸 생각하다 보니
다시 아침이 기다려진다.

집 앞에 좋아하는 식당이 생겼다. 개업 날부터 봐 왔다
는 사실만으로 묘한 친밀감이 느껴지는 곳이었다. 무기력해
서 밥 한 끼조차 챙겨 먹기 힘겨운 날에는 어김없이 그 식당
으로 향했다. 대충 차린 밥이 아니라 누군가의 정성이 담긴
음식을 대접받는 느낌이 좋았다. 주인아주머니께는 그저 손
님에게 내어 준 단순한 한 끼였을 것이다. 하지만 나에게는
그 한 끼 식사가 다시 살아 내고자 하는 다짐과도 같았다.
내일 나를 더 울게 만드는 일이 생긴다면 또 먹으러 오면 된
다. 불운한 일이 생길 때마다 나는 맛있는 것을 먹을 수 있

는 면죄부를 스스로에게 주었다. 그렇게 불운을 희석해 갔고, 그러다 보면 더 이상 슬프지 않았다. 여전히 여리고 나약하지만, 그 한 끼 밥을 먹고 배불러진 만큼은 단단해졌다. 쉽사리 무너지기엔 입맛을 돋우는 이 밥상을 포기할 수 없다. 밥상뿐만이 아니다. 그동안 내가 쌓아 온 수많은 좋아하는 것들에 대한 감정을 끊어 낼 만큼 힘들지 않다면 결코 주저앉지 않을 테다. 좋아하는 것만큼이나 나를 지켜 주는 것은 없다.

삶이 흔들렸을 때는 나조차 내가 어떤 사람인지 잘 몰랐다. 좋아하는 것이 무엇인지, 어떤 걸 하고 싶은지 알지 못했다. 주관이나 취향, 신념, 가치관도 없었다. 그래서 타인의 삶만 늘 기웃거렸다. 좋아하는 걸 차근차근 수집하다 보니 정체성이 생겨나는 것 같았다. 좋아하는 것들은 그 자체로도 좋았고, 그 좋아하는 것을 좋아하는 사람이 나라는 사실만으로도 내가 좋아졌다. 나라는 사람의 아주 일부분을 알게 된 것에 불과하지만, 나는 전보다 자신을 긍정하게 되었다. 자신이 누군지 모른다면 자기를 긍정할 수 없다. 언제든 자신을 긍정할 수 있다면 어떤 상황이 닥치더라도 초연해지지 않을까.

나는 내가 좋아하는 것뿐만 아니라 나의 생각, 신념, 추구하는 가치도 알고 싶어졌다. 취향에서 나아가 타인의 말이나 사회적인 시선에 휘둘리지 않는 자기 주관을 가질 수 있다면 나를 사랑하는 걸 넘어, 내가 선택해 온 인생을 사랑할수 있지 않을까. 그러다 보면 초연함에 한 걸음 더 가까워질수 있지 않을까.

나는 나를 알아 가기로 했다.

나를 알아 가는 여행

나를 알기 위한 질문

동창들과 오랜만에 만나는 자리였다. 나를 포함해 약속 장소에 먼저 도착한 일행은 아직 오지 않은 친구들을 기다리던 참이었다. 할 일이 없던 우리는 가까운 백화점에 들어가서 옷을 둘러봤다. 진열된 옷을 구경하는 것에 큰 흥미를 느끼지는 못했지만 지루하지도 않았다. 그러던 중 한 친구가 나에게 어떤 스타일의 옷을 좋아하는지 물어 왔다. 정말 단순한 질문이었지만 제대로 대답할 수가 없었다. 순간 머릿속이 하얘져서는, "그냥 뭐, 나는 딱히 없어."라고 하며 실없이 얼버무렸다. 좀 더 멋진 대답도 있었을 텐데, 내 대답이 초라하게 느껴졌다. 그동안 나의 옷 취향에 대해서 생각해 본 적이 없다는 사실이 갑자기 기이하게 와닿았다. 한 번도 의문을 품지 않았던 것이 낯설게 느껴지고 의구심이 들 때와 같은 기분이 되었다.

나는 그저 적당한 가격과 평범한 디자인의 옷이라면

'OK!'였다. 조금 더 따지자면 실용성 정도일까. 너무 불편한 옷만 아니면 되었다. 옷은 단지 그런 요건이 갖추어졌을 때 사는 것일 뿐, 옷 사는 데 많은 시간을 투자하는 것이 싫었다. 옷보다는 생존과 성공을 위해 모든 시간을 쏟아붓던 시기였다.

사실 옷뿐만 아니라 많은 부분에서 그래 왔다. 삶의 전반에 걸쳐 나의 취향이나 주관은 희미했다. 주면 주는 대로 받고, 있으면 있는 대로 쓰고, 없으면 말고. 남들이 좋다고 하면 나도 좋았고, 그 반대면 나도 피했다. 친구가 살 때 따라 사고, 무엇을 먹고 싶은지 물으면 아무거나. 난 그런 사람이었다. 아등바등 살면서 '나'라는 사람의 취향은 까마득히 잊혀 갔다.

어떤 질문을 받든 뚜렷하게 자신의 기호를 표현하는 사람이 멋져 보였다. 좋아하는 영화는 무엇인지, 가장 감명 깊게 읽은 책은 무엇인지, 요즘의 관심사는 무엇인지, 어떤 질문을 받든 망설이지 않고 "나는 ○○이 좋아."라고 표현하는 자신감. 자신에 대해서 잘 아는 사람만이 뿜어내는 아우라와 특유의 당당함이 부러웠다. 그에 비해 나는 간단한 질문에도 우물쭈물 망설였다. 나에 관해서 묻는데 내가 모른다는 건 웃긴 일이었다. 누가 대신 답해 줄 수 있는 문제도 아니지 않은가.

'나는 어떤 사람인가?' 한 번도 깊게 생각하지 않았던, 하지만 답해야 마땅한 그 질문에 대한 답을 조금씩 찾아보기로 했다. 오랫동안 잊어 왔던 '나'라는 사람에 대한 탐구를 말이다. 좋아하는 음식이나 좋아하는 색같이 단순한 질문에서부터 시작했다. 그리고 자주 하는 취미 활동은? 가장 감명 깊게 읽은 책은? 인상 깊었던 영화는? 닮고 싶은 인물은? 삶에서 추구하는 것은? 등 다양한 질문을 떠올리고 그에 대한 대답을 준비했다. 마치 면접을 준비하는 과정 같기도 했다. 이름을 붙이자면 '인생 면접 질문'이 되겠다. 그렇게 혼자 묻고 답하는 놀이를 시작했다.

  여러 질문에 대한 나의 답은 뻔하고 천편일률적이었다. 개성이라곤 찾아보기 힘들었다. 영화를 꼽으려고 해도 친구들과 봤던, 스토리도 가물가물한 몇 편의 영화 중에 고르려고 하니 썩 마음에 드는 게 없었다. 감명 깊게 읽은 책을 고르려고 해도 읽은 책이 많아야 그중에서 내 스타일을 고를 수 있는 것이었다. 내가 알고 있는 세계는 너무 빈약했고 그 안에서 취향을 추출하기란 힘든 일이었다. 지금까지 나에 대한 질문에 곧잘 대답하지 못한 이유를 깨달았다. 결국 나를 알기 위해서는 더 많은 경험이 필요했고, 더 넓은 세계를 탐색해야 했다.

　도서관에 가서 손에 잡히는 대로 책을 읽었다. 어떤 책은 이래서 싫었고, 또 어떤 책은 저래서 지루했다. 때론 문체가 마음에 들지 않았다. 여러 기준으로 책을 고르다 보니 마음이 동하는 작품을 발견할 수 있었다. 보석을 캐낸 듯 쾌감이 느껴졌다. 앞으로 누군가가 좋아하는 작가를 묻거든 이 사람의 이름을 말하리라. 그렇게 또 하나의 질문에 답할 수 있게 되었다고 생각하니 기뻤다. 나는 계속 취향을 발굴해 내는 작업에 몰두했다.

　같은 방식으로 영화도 발굴했다. 네다섯 편의 재미없는 영화를 걸러 내며 실패를 거듭하고 마침내 재밌는 영화를 마주했을 때의 기쁨은 무엇과도 바꿀 수 없었다. 그리고 취향을 발굴하다 보니 점점 적중률이 높아져서, 나중에는 영화의 첫인상만으로도 내 취향에 들어맞을지 아닐지를 꽤나 높은 확률로 맞히게 되었다.

　그림을 꾸준히 그려 왔기에 화가에 대한 취향은 비교적 뚜렷한 편이었다. 미묘하게 사실적이면서도 몽환적인 그림을 추구하다 보니 아메데오 모딜리아니의 그림에 매력을 느꼈다. 사실 그의 작품을 처음 보았을 때 이미 마음에 들었고, 좋아하는 이유는 나중에야 갖다 붙인 것이다. 좋아하는 데 이유는 없다. 그때의 나와 그 작품이 어딘가 맞닿은 부분이 있었기에 마음이 향한 것이리라. 어쨌든 나는 모방해서 그릴 만큼 모딜리아니의 그림을 좋아했다. 에곤 실레의 그림도 감각적이었지만 너무 무거웠고, 구스타프 클림트의 그림은 아름다웠지만 지나치게 화려했다. 정반대의 매력이 주는 끌림도 있었다. 수수한 나에게는 앙리 마티스의 그림이 그런 느낌을 주었다. 그의 그림을 가득 채운 강렬한 원색, 과감한 채색을 보고 있자면 감탄이 나온다. 내가 추구하는 화풍과는 거리가 멀지만, 왠지 모르게 동경하게 된다. 여러 화가와 그림을 공부하며 감상하다 보니 친구가 좋아할 법한 화가도 추천할 수 있게 되었는데, 그런 과정도 제법 즐거웠다. 게다가 그 추천이 꽤나 적중했을 때는 더더욱.

창작은 완벽한 자기표현의 작업이다. 자신에 대한 이해가 선행하지 않으면 화풍이 생겨날 수 없다. 창작을 하는 것만큼 자기를 알아 가는 효과적인 방법도 없는 것 같다. 흰 도화지를 놓고 무엇을, 어떤 색의 조합으로, 어떻게 배치하여 그

릴지 정하는 일은 온전히 자신의 몫이다. 그림을 계속 그리다 보면 결국 자신이 중요하다고 여기는 것이 화폭에 담기기 마련이며, 이러한 과정에서 자신을 어떤 사람으로 정의 내릴 수 있는지 깨닫기도 한다. 현실에서는 사람을 평가하는 기준이 다양하지만 도화지 위에선 그림, 딱 하나면 된다. 그림이 곧 자신이 되는 것이다. 그것만큼 투명한 자기표현은 없지 않을까. 그림을 그리며 나는 나 자신을 많이 알게 되었다.

책이든, 영화든, 그림이든, 많이 접하고 보니 대상을 판별하는 나만의 기준이 생김을 느낀다. 결국 나의 마음을 울리는 작품은 공감을 이끌어 내는 작품이었다. 등장인물과 나 사이에 공통점이 많을수록 그 작품을 깊이 이해할 수 있었다. 평소에 많이 고민해 본 문제를 다룬 학문을 공부할 때 보다 쉽게 이해되었고, 어떤 사물을 봐도 나와 닮은 구석이 있을 때 더욱 친근함을 느꼈다. 어떤 대상을 좋아하는 일은 그 속에 담긴 나를 발견하는 일이 아닐까. 세계를 탐색하는 것은 모두 나를 알아 가는 것으로 귀결되었다.

질문 목록에 대한 답을 만들어 가니 다른 사람의 대답도 궁금해지기 시작했다. 내가 좋아하는 게 무엇인지 몰랐을 때는 다른 사람에게도 무관심했다. 그런데 내 대답이 생기고, 공유할 거리가 나타나니 타인에게 진정한 호기심이 생겼다. 서로의 대답을 공유하는 것도 굉장히 즐거운 일이란 걸 새로이 알게 되었다. 자기만의 콘텐츠가 있어야 콘텐츠를 지닌 다른 사람과도 쉽게 친해질 수 있었다. 나는 여러 질문에 대해 자신만의 답을 내놓을 수 있는 사람을 만나고 싶고, 그런 이들과 교류하는 것이 즐겁다.

인생 면접 질문에 대한 대답을 찾는 일은 여전히 진행 중이다. 질문도 대답도 더욱 폭넓고 다양해졌다. 요즘엔 나 자신에 관한 질문에 망설이지 않고 대답할 수 있다. 여전히 답을 찾지 못한 질문도 있긴 하지만 말이다.

질문이 많은 삶을 살고 싶다. 좋은 질문은 좋은 답을 낳는다. 자신에 대한 질문에 열심히 답한다면 자아정체성을 잘 확립할 수 있고, 어떤 분야에 관한 질문에 답하기 위해 연구를 한다면 전문성을 쌓을 수 있다. 사회 제도에 대한 자기 생각을 개진한다면 정치관과 세계관이 쌓이지 않을까. 질문이야말로 목적도 방향도 없는 인생에서 사람을 나아가게 하는 원동력이라는 생각이 든다.

수많은 질문을 만들고 그에 답하며 정체성을 형성해 간 시기가 큰 틀이 되어 지금까지도 영향을 미치고 있다. 질문에 답하기 위해 감상했던 여러 작품이 훗날 내가 어떤 방향으로 창작해 나가야 하는지 기틀을 마련해 주었음은 물론이며, 창작자로서 어떤 정체성을 지녀야 하는지에 대한 해답도 제시해 주었다. 물론 앞으로도 수시로 변할 테지만 말이다. 질문 덕분에 창작뿐만 아니라 삶의 전반에서 나의 취향을 찾았다. 어떤 활동을 하며 여가를 보낼 때 가장 만족스러운지, 어떤 사람들을 좋아하는지, 어떤 가치관을 추구하는지⋯. 그렇게 찾은 답들이 앞으로 살아갈 방식과 미래의 작업에도 영향을 줄 것이다. 그리고 끊임없이 변하는 자신을 새로 업데이트하는 것도 게을리하지 않기 위해 오늘도 나를 알아 가는 여정을 계속하고 있다.

처음 만들어 본 나의 공간

1인분의 삶을 꾸리는 것은 있는 그대로의 자신을 경험하는 일이다. 부모님 집에 얹혀만 살다가 생전 처음 독립된 주거 공간을 마련했다. 직장 근처의 허름한 다세대 주택이 나의 첫 번째 거주지였다. 혼자 살면 모든 것을 스스로 결정해야 한다. 물건을 배열하는 방식부터 청소하는 주기, 공간을 활용하는 방법까지. 타지 생활을 하면서 새로 사귄 친구들의 방에도 종종 놀러 갔는데, 공간에도 알게 모르게 그 사람이 담겨 있음을 느끼곤 했다.

자기만의 색깔이 확고한 어느 친구는 자신의 공간을 좋아하는 것들로 가득 채워 놓았다. 탁자 위에 올려 둔 아이템 하나에도 그만의 스타일과 취향이 담겨 있었으며, 어느 것 하나 우연히 선택한 물건이 없어 보였다. 또 어떤 친구는 예술가의 작업실처럼 잡동사니가 널브러진 방에 살고 있었다.

주방에 면봉이 쏟아져 있고, 침대맡에는 가위가 놓여 있는 엉뚱한 광경에 어떤 이유로 그 물건이 그 자리에 놓인 건지 상상력을 불러일으켰다. 그 친구의 집에는 희한한 물건들이 많아서 구경만으로도 하루가 갈 정도였다. 뭐든 수집하고 모아 두는 그 친구의 방은 그가 풍기는 분위기만큼이나 따뜻했다.

의식하지 못한 사이, 나의 공간에도 분명 나만의 분위기가 생겨났을 것이다. 나의 공간은 어떤 취향과 성향을 반영했을까. 내 방을 둘러보니 일단 물건이 많지 않다. 그 흔한 전자레인지도, 선반도 없다. 짐을 늘리기 싫어하는 성향과 물건이 즐비하게 늘어서 있는 광경을 좋아하지 않는 취향이 반영된 결과였다. 내 공간은 잠만 자고 가는 민박집처럼 단출한 느낌을 풍겼다. 처음 빈 집에 들어왔을 때의 모습을 훼손하지 않으려 했다. 집에 들어서기 위해 현관문을 여는 순간 마주하는 텅 빈 이 공간이 처음 이곳에 이사 왔을 때를 떠올리게 해서 좋다. 그 설렘을 오래도록 간직하고 싶기에 나의 흔적을 최대한 남기지 않으려는 것인지도 모른다. 텅 비어서 조금은 외롭게 느껴지기도 하고, 사람 사는 듯한 포근한 맛은 없지만 이 공간이 나를 기쁘게 한다.

공간도 주인을 닮습니다. (100%)

혼자 사는 것은 삶의 방식에 나만의 질서를 부여하는 일이다. 삶에 대한 통제력이 행복에 미치는 영향이 크다는 연구 결과를 본 적이 있다. 성공이나 권력, 인간관계 등 여러 사람이 얽혀 있는 영역은 변수가 많고, 나의 노력만으로는 상황을 통제하는 데에 한계가 있다. 하지만 혼자 있을 때만큼은 삶을 질서 정연하게 꾸리며 무한한 통제력을 느낄 수 있다. 집 안에 놓인 어떤 물건도 내 선택이 아닌 것이 없어서, 삶 전체가 내 선택으로 채워지는 기쁨이 있다. 고심하며 고르던 기억이 담긴 물건들로 가득 채워진 공간은 그 자체로 추억이 된다. 나의 공간에서는 오늘 무엇을 먹을지, 자기 전에 무엇을 할지 등 모든 것을 선택할 수 있다. 취업이나 결혼 같은 일생의 중대한 선택은 아니지만 이러한 일상의 작은 선택들이 모여 결국 내가 되는 것이 아닐까. 혼자 사는 이 공간만큼이나 나의 선택이 많이 담긴 곳이 없고, 나를 잘 보여 주는 곳도 없다. 나는 혼자 있는 이 작은 공간이 마음에 든다.

사람은 여러 개의 정체성을 가지고 있다. 타인과 함께 있을 때와 혼자일 때 각기 다른 정체성을 지니기도 한다. 누구를 대하느냐에 따라 성격도 미묘하게 달라지고, 새로운 역할을 수행하며 그동안 알지 못했던 자신의 성격을 발견하기도 한다. 때론 누군가의 편안한 친구일 때도 있고, 가끔은 어른스러운 선배일 때도 있다. 사람들은 타인을 바라볼 때 '어떤 사람이다'라고 쉽게 평가 내리곤 한다. 상대와 자신 사이의 단일한 관계만 놓고 그 사람이 어떠할 것이라고 속단하기 때문이다. 하지만 자신을 바라볼 때는 여러 관계 속에서 발현되는 입체성을 알고 있기에 그처럼 단순하게 파악하지 못한다. 상대에 따라 조용할 때도 있지만 굉장히 수다스러워지는 경우도 있고, 점잖을 때도 있지만 짓궂을 때도 있는 법이다. 그래서 자신을 하나로 규정하는 일은 무척 어렵게 느껴진다. 하지만 주변에 아무도 없이 모종의 역할을 다 내려놓은, 있는 그대로의 자신을 만날 때가 있다. 독립해 혼자 살면서 나는 새로운 나를 알게 되었다.

혼자일 때만 느낄 수 있는 나의 정체성 중 가장 두드러진 부분은 기분 변화 폭이 크지 않다는 사실이었다. 특이하게 느껴질 정도로 감정 기복이 적었다. 혼자 있을 때 외로움과 불안이 증폭되어 감정 변화가 많을 거라고 예상했던 것과 달리, 의외로 혼자 지낼수록 더욱 안정감이 느껴졌다. 어쩌면 그만큼 주위의 영향을 쉽게 받아 왔던 것일지도 모른다. 나는 늘 미지근한 태도로 매사에 바라는 것 없이 쉽게 게을러지기도 하는 성격이며, 지루한 삶을 그 누구보다 잘 견디지만 새로운 아이디어가 뿜어내는 활기를 추구하는 사람이란 걸 알게 되었다. 이러한 특성은 독립 후 반복되는 삶의 패턴이 되었다. 대체로 안온함을 추구하지만 소소한 변화를 모색하는 인간. 그런 궁리를 주로 하는 사람이 나였다.

어떤 관계 속에서의 나보다 오롯이 혼자 있을 때의 내 성격과 모습이 마음에 든다. 이것이 어쩌면 나의 무수한 페르소나 중 가장 기본값이 아닐까. 밖에서는 조금 멋없는 사람일 때도 있다. 사람들 앞에서 긴장할 때도 있고, 알력 관계 속에서 무력해질 때도 있고, 특정 역할을 잘 해내지 못할 때도 있다. 하지만 집에 돌아와서는 이내 마음이 누그러든다. 항상 나를 사랑할 수는 없지만, 집에서만큼은 내가 좋다. 집에는 내가 좋아하는 것들이 가득 쌓여 있고, 이곳에서는 좋아하는 활동을 마음껏 할 수 있다. 이곳의 나를 싫어할 이유는 없다. 아직 다 읽지 못한 책들, 깨끗하게 세척된 붓과 팔레트, 오래되었지만 쓸 만한 자판, 스피커에서 흘러나오는 내 취향의 조용한 음악. 초연함의 8할은 이곳에서 나왔다.

스스로에게 다정한 사람이 가장 강한 사람이라는 생각을

한다. 주변에서 아무리 치켜세워 줘도 자신을 냉혹하게 대하는 타입이 있는데, 이런 사람은 겉보기엔 완벽해도 속은 병들었을 것이다. 반면 주변에서 아무리 혹독하게 대해도 주눅 들지 않고 늘 자신을 응원하는 사람이 있다. 내가 보기에는 그들이 가장 강인한 것 같다. 나는 한없이 자신을 따뜻하게 대하는 사람은 못 된다. 영 마음에 들지 않을 때가 더 많다. 다만 집에 있을 때는 다르다. 밖에서는 성격이 다소 급하고 자책도 자주 하는데, 집에서는 대체로 느긋해서 스스로를 재촉하거나 짜증을 내는 법이 없다. 웬만한 실수에도 침착하고 관대하다. 집에서만큼은 자신에게 상냥하게 대하려고 한다. 가끔은 기분을 내기 위해 혼자 있으면서도 아끼는 옷을 꺼내 입는다. 집에서 차려입은 모습이 우스꽝스럽기도 하지만, 혼자 있다고 해서 누추해지고 싶지 않다. 나 자신에게 잘 보이고 싶은 마음이라고 할까. 밖에서 근사한 사람이 되는 것만큼, 어쩌면 그보다 더 중요한 일이라고 생각한다. 나 자신에게 근사한 사람이 되는 것, 그것 외에 나에게 중요한 일은 없다.

집으로 돌아가는 발걸음은 늘 설레고, 나의 공간은 항상 아늑하다. 혼자 있을 때의 자신과 공간을 사랑하는 것이 1인분의 삶을 꾸리는 데에 가장 중요한 근간이 되었다. 나의 스위트 홈.

나다울 수 있는 용기

예전부터 여러 사람과 같이 있는 상황에서 피로를 심하게 느꼈다. 함께하는 구성원들이 좋고 싫은 것과는 별개의 문제였다. 여럿이 있는 상황에서는 누구 한 명에게 집중하기 어려웠고, 친밀감도 그다지 쌓이지 않는 것 같았다. 집단에 속해 있을 땐 친한 것 같다가도, 막상 단둘이 남으면 어색해지는 사이도 비일비재했다. 나는 좁고 깊은 친밀함을 원하는 사람인지라 일대일로 만나는 건 무척이나 좋아했지만, 여러 명이 함께 만나는 약속에는 지루함을 느꼈다. 여럿이서 이야기를 나누다 보면 뒷말도 나오기 마련이고, 모여서 목적도 없이 떠들며 불분명하게 흘려보내는 시간이 조금 아깝게 느껴지기도 했다. 나와 반대로 일대일로 만나는 걸 부담스러워하는 친구에게 이 같은 사실을 말하면 "같이 있는 게 덜 어색하고 훨씬 나은데, 왜?"라며 도대체 나의 마음을 알 수 없다는 표정을 지었다.

친구들과 여행을 다녀온 날, 여럿이 노는 건 역시 나와 맞지 않음을 여실히 느꼈다. 집에 돌아오니 헛헛한 기분만 들었다. 여독 때문도 아니었고, 별달리 나쁜 사건이 있던 것도 아니었다. 그저 그 여행이 즐겁지 않았다는 데에서 오는 허전함이었다. 잘 놀기 위해 할애한 금쪽같은 시간에 피로감만 얻었다는 건 확실히 달가운 일은 아니었다. 돌아온 나를 반기며 가족들이 여행에 관해 물었을 때 그다지 즐겁지는 않았다고 대답하던 순간의 기분을 기억한다. 유독 적응력이 없고 특이한 사람이 된 것 같았다.

왜 이런 여행이 되었을까. 이유는 뻔했다. 주관의 부재였다. 여럿이 함께하는 시간이 나에게 많은 피로감을 준다는 사실은 이미 알고 있었다. 여행을 제안받은 순간부터 마음속에서는 어렴풋이 거부감이 밀려왔다. 하루 정도야 괜찮지만, 이렇게 몇 박으로 함께 있는 건 분명 나에게 괴로운 일이었다. 이미 예상했음에도 소신 있게 내 주관대로 행동하지 못했던 것이 불편한 여행의 발단이 되었다. 불안함 때문이었다. 지난 여행도 거절했었고, 아무래도 잦은 불참 의사를 보이면 관계가 소원해질 거라는 우려를 했다. 친구가 많은 편이 아니었기에 이 친구들마저 없어지면 나의 인간관계는 핑장히 단출해질 것이 뻔했다. 정말 그래도 괜찮을까. 그런 걱정이 앞섰다.

나는 나를 잘 알고 있다. 그럼에도 나다운 것을 선택하는 행동에는 확신이 없었다. 내 주관으로 무언가를 실행한 적이 있었던가? 학창 시절에는 공부를 하라고 했으니 할 뿐이었다. 친구 관계도 누군가가 마음에 들어 먼저 다가간 적은 드물었으며 주어진 상황에 따라 같이 어울려 다닌 것이 전부였다. 진로를 선택할 때도 주변에서 좋다고 하는 것에 귀 기울여 결정했고, 직장에서 처리해야 하는 업무는 당연히 하고 싶어서 하는 게 아니라 생업일 뿐이었다. 돌아보면 지금까지 나다운 선택을 내린 적이 거의 없었다. 나는 이도 저도 아닌 채로 수동적으로 살면서 다른 선택지에 무수히 흔들리거나 내가 한 선택을 후회하곤 했다.

인생에서 즐겁지 않았던 순간은 대부분 주관이 모호한 상황에서 발생했음을 깨달았다. 소신 있는 활동이라고 해서 늘 즐거웠느냐 하면 그건 또 아니었지만 자신의 소신과 의지로 시작한 일은 좋든 싫든 책임을 졌다. 내 의지로 선택한 일이라고 생각하니 결과가 좋지 않아도 순순히 받아들일 수 있었다. 하지만 나의 주관을 따르지 않았던 순간에는 쉽사리 후회를 했다. 주체성이 부재한 활동에서 의미를 찾기란 쉽지 않았다. 나는 가족들에게 여행이 즐겁지 않았음을 토로하면서, 조금씩은 나의 주관을 지키며 살아야겠다고 다짐했다.

어떻게 하면 인생의 온전한 주인이 되어 살 수 있을까? 고민 끝에 나답지 않은 것은 쳐내기로 결심했다. 쉽지 않은 일이었지만 나의 마음을 불편하게 하는 것은 선택하지 않기로 했다. 만나고 싶지 않은 사람에게는 굳이 시간을 쓰지 않았다. 가고 싶지 않은 여행은 가지 않았다. 여럿이 만나는 모임도 참여 빈도를 줄였다. 다른 사람들이 한다는 이유만으로 따라 했던 소소한 일들을 그만두었다. 그로 인해 잃게 되는 것은 감수하려고 각오함은 물론이다.

그렇게 하니 불편한 시간이 많이 사라졌다. 남은 시간에는 정말 하고 싶었던 것들을 했다. 그토록 원해 왔던 좁고 깊은 관계를 유지하며 우정을 쌓고, 훨씬 더 행복해졌다.

나에게 불편함을 주는 것에 억지로 머물러 있던 것은 어

리석은 일이었다. 적응력을 키운다는 관점에서는 그것도 도움이 될 수 있겠지만, 너무 낮은 적응력이 자신에게 불편함을 초래하는 정도가 아니라면 자신에게 맞는 길을 찾아 행복을 얻는 것이 우선이 아닐까.

이제는 원하지 않는 것에 매여 시간을 허비하지 않는다. 굳이 참석하고 싶지 않은 술자리에 가지 않고, 작위적인 친구 관리도 하지 않는다. 충분히 나다운 방식으로 나의 세계를 넓혀 갈 자신이 생겼다. 때론 많은 사람들로 북적이는 역동적인 삶이 멋져 보일 때도 있지만, 나는 나다운 방식으로도 충분히 행복을 느낄 수 있다는 걸 알기에 비교하려 들지 않는다.

처음 만화를 시도했을 때가 떠오른다. 당시에는 여러 캐릭터가 등장하는 복잡한 스토리의 만화를 구상했다. 그런 게 일반적이었고 인기가 많았기 때문이다. 나도 엇비슷하게 따라 해 보려고 시도했지만 마음만큼 그럴듯하게 그릴 수 없었다. 나는 다른 사람들이 어떤 만화를 보고 싶어 하는지에만 집중했을 뿐, 내가 어떤 이야기를 들려주고 싶은지 고민하지 않았던 것이다. 다른 사람들이 나의 작품을 봐 줬으면

하는 마음에 흥미도 없는 이야기를 억지로 짜내다 보니 작업 속도도 더뎠고 재미도 없었다. 그리는 사람이 재미없게 그린 만화는 보는 이에게도 지루할 것이 뻔했다.

힘을 빼고 편안한 마음으로 그린 것이 《제가 좀 찌질하고 우울해도요》였다. 처음으로 독자에게 어떤 이야기를 들려주고 싶은지 고민하고 만든 작품으로, 내가 가장 잘 표현할 수 있는 주제를 나다운 흐름으로 만화에 담기 위해 노력했다. 만화를 그리고 친한 친구들에게 보여 주었을 때 들었던 칭찬 중 가장 기억에 남는 것은 '그림 잘 그린다', '내용이 좋다'가 아니라 '작품 자체가 딱 너 그대로를 담은 것 같다'였다. 그렇게 나다운 만화를 그리기 시작하니 꾸준히 작업할 수 있었고, 한국만화영상진흥원에서 선정하는 '우수 만화 도서'에 포함되는 등 좋은 결실도 맺을 수 있었다.

지금도 만화나 소설 등을 창작할 때 지키는 유일한 기준이 있다면, 그 과정에서 편안함을 주지 않는 작품은 파기하는 것이다. 나에게 불편한 작품은 결국 나에게 맞지 않는 옷을 입은 것일 뿐이다. 작품을 만드는 과정에 즐거움이 없으면 대체로 결과도 나빴다.

나다움이 무엇인지 잘 알고 있으면 선택의 기로에서 흔들림이 없다. 사회가 발전할수록 선택의 폭은 굉장히 넓어진다. 선택의 폭이 넓어지는 만큼 자유로워지는 것 같지만 아이러니하게도 수많은 선택지 앞에서 '선택의 노예'가 되는 사람들을 종종 목격한다. 너무 많은 선택지는 선택에 대한 만족을 떨어뜨리기도 한다. 나다움이라는 등대가 없으면, 선택의 바다라는 풍요 속에 오히려 선택의 노예가 되기 쉽다.

과거에 비해 선택의 폭이 넓어진 부분을 꼽자면 직업 분야가 아닐까 한다. 몇 세기 전만 해도 직업이란 건 농업이나 어업, 임업에서 파생된 것이 대부분이었다. 과거에 태어났다고 가정하면 적성이고 자시고 할 것 없이 나는 높은 확률로 농부가 되었을 테다. 하지만 사회가 고도로 분업화되면서 선택의 폭이 넓어졌다. 이에 따라 대부분의 사람들이 진로 선택에 많은 고민을 하고, 원하는 직업을 선택해야 행복할 것이라는 신화 아래에 이직을 한다. 하지만 잦은 이직을 경험한 지인의 말에 따르면, 첫 직장에서 A라는 점이 싫어서 이직을 했더니 B라는 문제점이 새로 발생하고, B를 해결하기 위해 또 직장을 옮겼더니 C라는 문제가 생기고 도리어 첫 직장이 가장 만족스러웠다는 생각이 드는 지경에 이른다나.

자유로움이 커질수록 나다움을 확실하게 아는 주관이 필요함을 느낀다. 나다운 것이 무엇인지 모른다면 늘 더 나은 선택지가 있을 것 같다는 불안함에 시달려야 하고, 자신의 선택에 확신이 없어 주위를 기웃거리며 선택에 끌려다니는 노예가 된다. 선택의 풍요라는 자유를 누리느라 다른 영역에서의 자유를 빼앗기고 있다는 생각마저 든다. 선택 과잉의 시대는 사람들로 하여금 자신과 타인을 끊임없이 비교하도록 부추긴다. 자신의 선택이 옳았는지 재고 따지게 만들고 결국에는 초연함을 잃게 만든다. 그럴수록 '자기다움'이 무엇인지에 대한 확신이 있어야 선택에 미련이 없다. 나다움에 대한 정의를 다시 한번 생각해 보곤 한다.

결국 나의 편안함을 우선으로 하다 보니 친구들과의 여행 모임에는 자연스레 소원하게 되었다. 얼마 뒤 그 모임이 저절로 해체되었다는 소식을 들었을 때는 내가 애써 인연을 이어 나가려고 노력했어도 뜻대로 되지 않았을 것이라는 생각이 들었다. 미리 예측할 수 없는 결과만 생각하다 보면 일관성이 없어지고 주관도 사라진다. 무엇을 하든 나다운 선택을 하는 것이 최선이다.

적어도 관계에 있어서 나다움은 알 것 같다. 나는 소수와 친밀한 관계를 맺는 방식에서 더 큰 행복을 느낀다. 그렇다고 다수와의 관계를 무작정 기피하는 것은 아니다. 오히려 요즘에는 여럿이서 만나는 모임의 장점도 많이 느끼고 있다. 단지 내가 추구하는 방식이 있음을 인지하고, 나를 존중하는 것뿐이다. 나에게 편안한 방식으로 쌓아 온 지금의 관계는 다소 좁더라도 충분히 만족스럽다. 나를 불편하게 하는 관계 없이, 외롭지 않은 쾌적함 속에서 살고 있다. 인생에 정답은 없다. 다만 그것이 나와 맞는지 맞지 않는지만 있을 뿐이다.

의미 부여 운명론

무슨 일이 있어도 화를 내지 않고 항상 친절한 친구가 있다. 그는 선한 분위기를 자아내는 사람이라 보고만 있어도 마음이 따뜻해지고, 같이 있는 것만으로도 기분이 좋아진다. 그래서 자연히 더 가까워졌던 것 같다. 그렇게 친해지고 많은 대화를 나누다 보니, 그가 가진 선한 성품의 메커니즘을 알게 되었다. 화가 없는 성품만큼이나 그의 사고에는 눈에 띄게 특이한 점이 있었다. 그는 인간에 대한 기대를 전혀 품고 있지 않았다. 인간에게 바라는 것이 없으니 싫은 소리를 할 필요도 없고, 배신을 당해도 악함이 인간의 기본값이기 때문에 화날 일도 없다는 것이다. 그의 사려 깊은 행동을 보고 있자면 성선설을 되돌아보게 하는데도, 정작 본인은 성악설을 믿는다고 단언했다.

나는 혼란스러웠다. '뭐 눈에는 뭐만 보인다'라는 말도 있듯이 사람은 자신의 심성대로 세상을 바라보며, 타인을 선하게 여기면 자신 또한 선한 행동을 할 것이라 생각했기 때문이다. 그는 타인을 악하다고 여기면서 왜 선하게 행동하는 걸까. 반대로 행동으로만 보면 성악설에 대한 믿음을 자아내는 아주 못된 사람이 성선설을 지지하기도 하는 걸까. 그런 사람의 변론을 애써 추측하자면 악해지고 싶어서 악해지는 사람은 없으며, 더 나은 상황에 놓여 있었다면 좋은 사람이 되었을 것이라는 견해도 생각해 볼 수 있겠다. 자신의 의지와 무관하게 생존에 대한 두려움이나 힘든 환경, 콤플렉스, 여타 다른 문제로 악행을 저지르는 인물도 분명 있으니까.

어쨌든 그의 이야기를 들으며 복잡미묘한 감정을 감출 수 없었다. 인간을 악하다고 여기면서도 선을 행할 수 있는 원동력은 무엇일까. 그의 행동을 설명할 수 있는, 인간 본성에 대한 새로운 관점이 있기를 기대했던 걸지도 모르겠다. 성악설을 지지하면서 자신의 악함을 합리화하는 수많은 길도 있지만, 그는 인간 본성의 추악함을 인정하면서도 악에 물드는 것을 선택하지 않았다. 이 점은 여전히 내가 그 친구를 좋아하는 이유이기도 하다.

자연 현상을 두고 여러 번 반복해서 실험했을 때 동일한 결과가 나오면 해당 자연 현상을 '과학적'이라고 말한다. 그래서인지 사회 현상도 자연 현상만큼이나 인과관계가 명확할 것이라고 착각하기도 한다. 사회 현상은 자연 상태만큼이나 변수를 통제하기가 쉽지 않아서 A라는 사건을 통해서도 얼마든지 B, C와 같은 다양한 결과가 나온다. 성악설을 믿으며 악에 물드는 사람도 있는 반면, 오히려 악을 방지하는 쪽에 초점을 맞추는 사람도 있다. 악습을 겪고 이를 그대로 대물림하는 이들도 있지만, 타파하기 위해 노력하는 이들도 있다. 같은 값에서 다른 결과가 나오는 것은 흥미로운 일이다. 그래서 어떤 현상을 보고 그것이 특정한 결과의 원인이라고 섣불리 추측하는 것은 맹점이 되기도 한다.

　　하지만 그런 특성 때문에 인간사만큼은 얼마든지 다양하게 의미 부여를 할 수 있는 게 아닐까 생각한다. 동일한 결과가 나오는 것이 아니니 다양한 해석이 가능하고, 의미는 부여하기 나름이다. 그래서 나는 나 좋을 대로의 운명론을 펼치곤 한다. 운명에 제멋대로 의미를 부여해 버리는 것이다. 세상이 아무리 흉흉하더라도 나는 성선설을 지지하며, 어쨌든 세계는 선한 방향으로 발전할 것이라고 믿는다. 사람의 본성은 선하다고 믿는 편이 마음을 더 편하게 만든다면, 그냥 그렇다고 생각해 버리는 식이다. 나에게 잘된 일이 있으면 과거에 덕을 쌓은 것이 복으로 돌아온 것이고, 일이 잘못되면 덕을 쌓을 기회가 온 것뿐이다. 인과관계를 알 수 없거나 논리적으로 따질 수 없는 영역의 일이라면 좋은 쪽으로 생각하고 넘어가는 것이 정신 건강에는 확실히 도움이 된다. 그래서인지 이 제멋대로 운명론은 힘들 때 특히 제 몫을 톡톡히 했다.

힘든 일이 찾아왔을 때, 이것 또한 나에게 꼭 필요해서 찾아온 운명이라 생각했다. 부정적인 사건도 나에게 깨달음을 주기 위해서 왔다고 여겼으며, 그것이 아니라면 적어도 인격적 성장을 위한 수양의 밑거름으로 삼았다. 달갑지 않은 일이 생겨도 이미 바꿀 수 없는 것이라면 그 안에 존재하는 어떤 의미라도 짜내며 버텼다. 지금의 고난도 현재의 시각으로는 이해가 되지 않지만, 보이지 않는 어떤 방식으로든 분명 도움이 되고 있다고 믿으면서. 논리적으로 생각하면 고통은 그 자체로 힘든 것일 뿐, 어떤 의미가 담긴 것은 아니다. 억지로라도 의미 부여를 하다 보면 조금은 버틸 힘이 생겼다.

신화 속 영웅 이야기를 살펴보면 시련을 만나고 이를 극복하면서 진정한 영웅으로 거듭나는 이들을 볼 수 있다. 시련 없는 영웅이 얼마나 알량하게 느껴지는가를 생각해 보면, 시련은 곧 영웅의 운명이라 할 수 있다. 영웅과 나의 다른 점이라면 영웅은 대의를 위해서 고통을 감내하고, 나는 그저 나 자신의 고통을 감내하는 것일 테다. 신화 속 영웅은 숭고한 희생으로 다른 사람들에게 칭송을 받는다. 나는 영웅은 아니지만 시련을 이겨 내며 나 자신을 구했으니 그 대가로 스스로를 조금은 칭찬해도 되지 않을까. 나는 나 자신의 영웅이다. 유치하다는 것을 알지만, 이렇게 생각하면 기분이 나아진다. 영웅이란 게 따로 있으랴. 무수히 많은 숭고한 영웅들이 있다. 유년 시절의 나를 먹여 살리기 위해 노력하셨던 나의 부모님처럼. 그렇게 위로하며 지금의 힘듦 또한 숭고해질 운명이라며 의미 부여를 하곤 했다.

과거를 돌아보면 온갖 특이한 운명론과 의미 부여로 고통을 이겨 내며 살아왔다. 하지만 그렇게 애쓰던 시절의 나로서는 상상도 못할 '지루함'이라는 다른 차원의 고민이 찾아오기 시작했다. 반복되는 일상은 무감각해질 대로 당연해져서 그것에 특별한 의미를 부여하기란 쉽지 않았다.

오늘도 나는
나를 구했습니다...

철학자 쇼펜하우어가 인생을 고통과 권태 사이를 오가는 시계추에 비유했던 것처럼, 나 또한 두 상태를 번갈아 살 뿐이었다. 고통에서 벗어나니 지루함이 문제가 되었다. 하지만 지루함이 주는 괴로움을 이겨 내는 방법은 알 수 없었다. 지루함을 해결한답시고 새로운 일을 벌이며 욕심의 불구덩이에 뛰어들고 싶지는 않았다. 고통을 이겨 낸 삶의 종착점은 결국 지루함이 아닐까. 무기력, 허무함, 실존적 공허 등 다양한 이름으로 바뀔 뿐, 결국 권태도 하나의 운명처럼 느껴졌다.

나는 지루함에도 의미를 부여하고 싶었다. 권태와 허무주의에 한창 시달렸을 때 고안한 나만의 의미 부여 방법이 있다. 바로 '낯설게 하기'다. '낯설게 하기'는 예술에서 사용하는 장치 중 하나지만, 일상에서 차용해도 효과가 좋았다. 숨 쉬는 이 순간에 집중하고, 가만히 앉아 일상의 소음에 귀 기울이고. 익숙한 것을 낯설게 느껴 보는 것만으로도 삶을 새롭게 느낄 수 있다. 평범한 일상을 글이라는 매개체로 옮겨 표현하기도 하고, 한 장의 사진으로 남기기도 한다. 당연한 것을 귀중하게 여기는 것이 행복의 시작 아닐까. 살아 있다는 당연한 사실을 낯설게 느끼기 시작하면 현재를 음미할 수 있다. 예술의 관점에서 삶을 바라보면 지루할 틈이 없다.

즐거움을 주는 놀이나 게임도 그 속성을 살펴보면 단순한 작업에 인위적인 규칙을 부여함으로써 낯선 상황을 창조해 내는 것들이 많다. 요즘은 나아졌지만 여전히 놀이를 노동과 비교해 부정적으로 여기기도 하고, 게임을 비생산적이라는 이유로 경시하기도 한다. 하지만 나는 놀이와 게임에서 많은 영감을 얻는다. 어느 날은 여가를 즐기기 위해 게임을 하는데 문득 정신을 차리고 보니 현실에서 하는 노동과 본질적으로 비슷한 일을 게임 속에서 하고 있음을 깨달았다. 게임 속에서 하는 일은 휴식 시간까지 반납하며 열중할 정도로 즐거운데, 직장에서 하는 일은 왜 즐겁게 느껴지지 않는지 의문이 들었다.

게임이 재미있는 이유에는 끊임없는 보상과 적절하게 조절된 난이도, 성취감 등 다양한 원인이 있을 것이다. 하지만 내가 게임에서 즐거움을 느끼는 가장 큰 이유는 마치 여행을 가듯 일상에서 잠시 벗어나 다른 세계로 갈 수 있기 때문이다. 결국 게임 속에서도 하는 일이라곤 퀘스트라는 이름으로 포장된 노동일 뿐이지만, 게임 속 세계를 '낯설게' 여기기 때문에 흥미로운 게 아닐까. 사람들이 여행을 좋아하는 이유도 마찬가지라고 생각한다. 우리는 여행지에서 낯섦을 느끼고 그 과정에서 삶에 대한 새로운 시각을 얻는다. 나는 내 삶을 게임의 한 장면, 여행의 한순간처럼 낯설게 느끼려고 노력한다. 매일 똑같이 흘러가는 삶이라 지루하게 느껴질 수 있지만, 자세히 보면 하루하루가 똑같은 날이 없다. 그런 하루의 특별함을 포착하는 일은 즐겁다.

함께 일했던 사람들 중에 기분을 참 좋게 만들어 주는 분이 있었다. 그분은 사소한 것에도 곧잘 '운명'이라고 말했다. 어느 날에는 나와 이름에 들어가는 글자가 같다는 이유만으로도 운명이라는 독특한 운명론을 펼치며 싱긋 미소를 지었다. 한 글자가 겹치는 것을 운명이라고 칭하기엔 너무 거창한 게 아닌가…. 속으로 그렇게 생각하다가도 피식 웃음이 났다. 별것 아닌 것에도 의미를 부여하는 그분의 운명론이 좋았다. 냉소적으로 이야기하자면 우리는 그저 주어진 업무를 처리하기 위해 모인 집단일 뿐이었지만, 그분의 출중한 의미 부여 능력 덕분에 함께 일하는 내내 화기애애했다.

인생을 살아가며 마주치는 개개인도 크고 작은 운명이라고 생각한다. 주변 사람이 나에게 미치는 영향은 무시하지 못할 정도로 상당하다. 나는 내가 나를 만들어 왔고, 그렇기에 내가 독립적인 존재라는 착각에 종종 빠지곤 했다. 친구들이 선물해 준 물건이 놓인 책상을 보며, 나의 취향을 형성하는 과정에 친구들이 미친 영향을 떠올려 보았다. 그들은 나에게 잘 어울리는 것들을 추천해 주었고, 나는 그것들 사이에서 나의 취향을 알아 갈 수 있었다.

넓게 보면 내가 태어난 시대와 사회의 영향도 무시할 수 없다. 온전히 나의 소유라고 생각했던 나조차도 남들과 함께 만들어 간 것일 뿐, 그들이 없었다면 지금의 나도 없었을 것이다. 이렇게 생각하다 보면 나의 일부인 내 주변의 행복을 빌게 된다. 모든 것은 강하거나 약하게 이어져 있고, 유치하다고 치부하는 자잘한 운명들이 모여 지금의 삶을 만들어 온 것일 테니까. 내 인생의 무수한 사건과 지난한 시기도, 낱낱의 순간도 마찬가지다. 운명도 우연도 허무맹랑하기 짝이 없지만 그것을 허무하다고 여기면 인생조차 허무한 일이 될 뿐이다. 그래서 나는 여전히 남들이 보기엔 허무맹랑한 운명론을 펼치고, 요상한 의미 부여를 하며 살아가고 있다.

버리기의 미덕

영화 폴더가 가득 찼다. 영화를 한두 편씩 모으다 보니 나의 오래된 노트북 용량으로는 감당하지 못하는 시점이 온 것이다. 그렇게 의도치 않은 영화 폴더 정리가 시작되었다. 한때 영화 감상 글을 블로그에 올리면서 나만의 별점을 매기려고 시도한 적이 있었다. 별 다섯 개를 만점으로 좋은 영화와 그렇지 않은 영화를 따져 보며 추천과 비추천 의사를 표시하고자 하는 의도였다. 하지만 별점을 매길수록 그 기준에 대해 의아함이 생겼다. 3점을 준 영화와 4점을 준 영화 모두 비슷한 즐거움을 준 것 같았기 때문이다. 결국 번거롭기만 하고 득은 없는 것 같았던 모호한 작업을 그만두고 글만 올리게 되었다.

그런데 용량 때문에 영화를 삭제하는 과정에서 자연스럽게 기준이 생기는 것을 발견했다. 그 기준은 자연스럽게 생긴 것 치고는 꽤나 확고하고 정확했다. 영화는 크게 세 가지로 분류되었다. 차마 버리지 못하고 계속 간직하고 싶은 영화, 별점으로 따지자면 별 다섯 개. 그리고 아까워서 한두 번 정도는 다시 봐야 버릴 수 있는 영화, 별 서너 개. 그 자리에서 바로 삭제할 수 있는 영화, 별 하나 아니면 둘. 어쩌면 버리는 행위만큼 그것의 가치를 확실하게 알 수 있는 방법도 없는 듯했다. 작위적으로 별점을 매길 때보다 훨씬 더 직관적이고 단순한 기준으로 영화를 분류할 수 있었다. 어쨌든 버리는 과정을 거치고 나니 영화 폴더는 상당히 단출해졌다.

생활에서도 자연스럽게 정리가 진행될 때가 있다. 얼마 전, 평소 복용하던 진통제를 두고 다른 진통제를 복용한 게 원인이 되었는지 몸이 아팠다. 성분이 맞지 않아 몸에서 반응이 일어난 것 같았다. 아프기 시작하니 예쁜 옷보다는 편한 옷을 선택하게 되었고, 머리를 말릴 때 삐죽 뻗치더라도 크게 신경 쓰이지 않았다. 직업 세계에서는 늘 친절함이 기본값인 생활을 해 왔으나, 그날만큼은 다소 웃음기 없는 담백한 하루를 보냈다. 평소의 상냥함이 무색할 정도로 잘 굴러가는 삶이 신기할 따름이었다. 과도한 친절이었을까. 아팠던 하루는 나의 생활에서 꼭 필요한 것만을 남겼다. 중요하다고 생각했던 것이 실은 필요하지 않은 것일 수도 있다는 걸, 아픔은 나에게 생활의 본질을 알려 주었다.

예전에는 인생을 원하는 것은 무엇이든 담을 수 있는 무한의 그릇 같은 개념으로 생각했다. 인생이라는 그릇에 내가 좋아하는 것들을 꽉꽉 눌러 담으리라 다짐했지만 이제는 절대 그럴 수 없다는 것을 안다. 결국엔 취사선택이 필요했다. 둘 다 중요하다고 여기지만 양쪽을 모두 가질 수는 없었다. 많은 시간과 돈을 동시에 가지기 힘들고, 직업적 성취와 풍족한 여가를 둘 다 누리기 힘든 것처럼. 풍부한 인간관계를 유지하면서 혼자만의 시간도 잔뜩 누리고 싶어 하는 모순도 비슷한 맥락이다. 중요하지 않은 것을 버리는 건 쉽지만, 좋아하는 두 가지 중에서 하나를 포기해야 하는 건 괴롭다. 그렇게 괴로운 과정을 거치며 줄이고 줄여서 최종까지 남는 것이 나의 것, 진짜 나의 본질이 아닐까 싶다.

아픔이 생활의 본질을 깨닫게 해 준다면, 죽음은 삶의 본질을 깨닫게 해 준다. "죽음을 앞두었다면 무엇을 할 것인가?" 이 질문만큼이나 삶의 본질을 꿰뚫어 보는 물음이 없는 것 같다. 나는 "죽음을 앞두었을 때 이것을 할 것인가?"

같은 질문을 자주 한다. 죽음이 얼마 남지 않은 시점에서 돌아보았을 때 허무하게 느껴지는 일들은 웬만하면 하지 않으려고 한다. 죽음이 다가왔을 때 더욱 갈구하는 것들이야말로 인생의 본질에 가깝지 않을까. 하지만 죽음을 가정하는 것에도 맹점은 있다. '내일 당장 죽는다고 생각하면 누가 출근을 하겠는가'라는 우스갯소리도 있지 않던가. 결국 아무리 죽음을 상정해도 남은 현실이 있기에 원하는 것만 할 수는 없다. 하지만 원치 않는 것을 하는 순간마저도 의미 있게 만들고 싶은 것이 욕심이라면 욕심이다. 그렇게 언제 죽어도 아깝지 않은 삶을 만들어야겠다고 생각하며 산다. 그러기 위해서는 내 삶의 본질을 늘 잊지 않아야 할 것이다.

인생의 목표라면 역시나 어느 순간에도 나와 내 삶을 사랑할 수 있는 '초연함'을 갖는 것이다. 나는 내 삶을 사랑하기 위해 자신에게 더 나은 여건을 제공하기 위한 노력을 게을리 하지 않았다. 성공으로 치장해 견고하고 안정적인 성을 쌓는 것이 초연한 삶을 얻는 방법이라고 생각했기 때문이다. 하지만 그것이 반드시 초연함을 가져다주지는 않았다. 헤르만 헤세의 소설 《싯다르타》에서 주인공 싯다르타는 무엇을 할 줄 아느냐는 부유한 상인 카마스와미의 물음에 단식할 수 있음을 '능력'으로 꼽으며 그 이유를 장황하게 설명한다. 우리에게는 싯다르타처럼 단식하는 능력을 기르는 것이 더 필요한 것일지도 모른다. 배고픔을 이겨 내지 못하는 사람은 배고픔의 노예가 되지만, 단식을 할 수 있는 사람은 배고픔에서 자유로워질 수 있다. 자유로움은 모든 것을 무한정 누리는 데에서 시작되는 것이 아니라, 부적절한 욕망을 절제하는 데에서 시작되는 것이 아닐까. 그리고 수많은 욕망을 모두 실현할 수는 없으므로 어떤 것을 절제할 것인가는 중요한 문제로 남는다.

쾌적한 삶을 만들기 위해서 내가 가장 먼저 버렸던 것은 술자리 친목이었다. 절대 가지 않는 것까지는 아니지만, 삶의 우선순위에서는 최하위에 두었다. 내가 만약 친목을 위한 술자리에 참석해 있다면 그건 정신적으로나 시간적으로 매우 여유가 있다는 뜻이리라. 그렇지 않고서는 굳이 그런 자리에 참석하지 않으려고 한다.

술자리 친목이 싫은 이유는 여러 가지다. 그런 활동에 크게 재미를 느끼지 못하는 나의 성향도 한 몫 할 것이고, 한 번의 만남에 소요되는 비용이 꽤 상당하다는 것도 부담스럽다. 그리고 늦은 시간에 귀가하게 된다는 점이 굉장한 피로 감을 준다. 그래서 대부분의 술자리에서 유쾌함을 느껴 본 적이 없다. 예전에는 그런 자리에 참석하지 않으면 사람들과 어울리지 못한다는 생각에 즐겁지 않아도 애써 참석했다. 그런데 지나고 보니 술자리가 우정을 쌓아 주는 보증이 되지 않는다는 것을 깨달았다. 상대방과 친해지는 하나의 계기가 될 수는 있겠지만, 술자리로 겨우 만든 우정은 기대만큼 오래 지속되지 않았다. 사람들과 어울리기 위해서 필요했던 것은 술자리가 아니라 그들에게 진정한 관심을 보이고 적절한 호의를 베푸는 것이었다.

차마 버리지는 못하지만 생활에서 줄이고 싶은 활동도 있다. 무엇이라 이름 붙여야 할지 모르겠으니 대충 '진지한 활동'이라고 부른다. 심오한 주제에 대해 깊이 생각하는 행위라고 할 수도 있겠다. 나는 때때로 어느 하나에 꽂혀서 진지하게 몰입하고 탐구한다. 신의 존재 여부라든지, 잡식 동물인 인간이 육식을 하는 것에 대한 도덕적 정당성을 어떻게 입증할 수 있는가에 대한 문제 따위를 놓고 진지하게 생각하는 것이다. 나름의 잠정적인 결론을 내렸을 때 얻는 재미도 있고, 답을 얻지 못한대도 이러한 활동이 창작의 영감이 된다는 점에서는 긍정적이다. 하지만 진지한 생각을 너무 오래 붙들고 있으면 확실히 정신 건강을 해치는 느낌이 든다. 습관처럼 자리 잡은 진지함 때문에 일상생활 속 사소한 문제까지 너무나 무겁게 받아들인다. 잡담보다는 진지한 이야기를 선호하고, 농담이 분위기를 깨뜨리는 것을 싫어했다. 잘 웃지 않고 매사에 심각했다. 예전에는 가벼운 것이 한낱 유희일 뿐, 득도 없고 남는 것도 없다는 생각이 강했다. 하지만 요즘에는 종종 가벼움을 예찬한다. 사람을 웃게 하는 것만큼이나 대단한 게 더 있을까 싶다. 유머가 없는 삶은 얼마나 삭막할까. 가벼움은 마음을 편안하게 만든다. 나는 나를 너무 진지하게 만드는 활동을 조금씩 줄이고 있다.

반면에 절대 놓고 싶지 않은 활동도 있다. 내 삶의 중요한 일부인 '요리하기'다. 정 바쁠 때는 어쩔 수 없지만 웬만하면 직접 요리해 먹는 원칙을 어기지 않으려고 노력한다. 처음에는 요리하는 것을 무척 싫어했다. 청소나 정리 정돈은 조금 미뤄도 큰 지장이 없다. 하지만 몸뚱어리에 입이 달린 이상 먹는 것은 미룰 수가 없다. 요리는 만들어 두면 어느새 다 먹고 사라지는 음식을 계속 만들어야 하는 일이었다. 나는 그게 너무 귀찮았다. 조금 만들어 두면 자주 요리해야 하고, 많이 만들어 두면 곧잘 상한다. 나에게 요리는 여러모로 골칫거리였다.

얼마 전 우연히 생긴 여윳돈으로 무엇을 살까 고민하다가 노동을 사자는 결론을 내렸다. 요리라는 노동으로부터 나를 해방시키고 싶었다. 그렇게 반찬과 배달 음식을 잔뜩 시켜 먹었다. 정해 둔 예산 안에서 쓰는 것이니 돈 걱정할 것도 없고, 나름대로 건강을 신경 써서 너무 자극적인 것은 먹지 않았다. 요리를 안 해서 시간을 아꼈으니 창작에 더 집중할 수 있겠다는 생각에 설렜다. 그런데 이 생활에 익숙해지자 오히려 창작이 어려워졌다. 생각하는 시간이 많아진 만큼 내 생활의 한 부분이 꼬인 느낌이었다. 과부하가 걸린 것처럼 잡념이 생기고, 좋은 글감은 떠오르지 않았다. 무기력한 채로 집중을 못 했고, 사고도 자꾸 부정적인 방향으로 흘렀다. 머리를 비워야 했다.

다시 요리를 시작했다. 신선한 식재료를 사 오고, 다듬고, 조리하는 일련의 과정이 나에게 생명력을 주었다. 장을 보러 가는 순간에는 집이라는 공간에서 벗어나 주의가 환기된다. 재료를 다듬고 요리를 하는 순간에는 생각이 많은 내가 아무 생각도 하지 않음을 알아차린다. 요리는 나에게 있어 배우지 않고도 저절로 알게 된 명상과 같았다. 끊임없이 무언가를 만들어 먹어야 하는 노동의 굴레는 나를 부지런하게 만들어 주었다. 형편없는 요리 실력 때문에 내가 만든 음식은 대개 맛이 없지만 그로 인해 절제를 배운다. 나는 식탐이 있어서 맛있는 음식을 보면 더 먹고 싶어서 안달이 나는데, 신기하게도 내가 만든 음식 앞에서는 저절로 소박해진다. 무리하게 더 먹으려고 하지 않는 내 모습이 좋다. 그렇게 보자면 이런 요리 실력도 재주라면 재주일 것이다. 나는 요리가 내 삶에 그토록 영향력이 있었던가, 다시금 놀란다. 요리를 하면 우울하거나 근심할 시간도 없이 저절로 활기가 생긴다. 생각보다 당연하고, 때로는 귀찮게 느껴지는 것이 내 생명력의 일부가 된다니. 그런 것들은 잃기 전에는 잘 모르는 법이다. 어쨌든 나는 평생 요리를 하지 않아도 될 만큼 돈을 많이 번다고 해도, 요리를 내 삶에서 버리고 싶지 않다.

삶에서 어떤 것을 버리고, 어떤 것을 놓지 않을 것인가. 삶을 이루는 많은 것은 한정되어 있다. 시간, 돈, 공간, 체력, 정신적 에너지… 아 참, 노트북 용량도. 중요한 것에 좀 더 집중하기 위해 필요하지 않은 것들은 차곡차곡 정리하고 있다.

내가 만든 하루

미술관에서 전시 중인 거대한 다이어리를 본 적이 있다. 소소한 일상이 담긴 다이어리를 예술 작품으로 승화시킨 점이 좋았고, 오늘은 누구를 만난다는 둥 내일은 무엇을 먹는다는 둥 예술가의 하루하루를 진솔하게 보여 줘서 흥미로웠다.

다이어리나 스케줄러를 꾸준히 쓰는 타입이 아님에도 나는 종종 다이어리를 예찬한다. 굳이 의미를 부여하지 않으면 않는 대로 흘러가는 일상이다. 하지만 흰색의 종이를 앞에 두면 괜스레 오늘 무얼 할지 한 번 더 고민하게 된다. 마치 나에게 하루가 귀하게 주어졌다는 느낌이 든다. 때론 어쩔 수 없이 다이어리가 해야 할 일들로만 빼곡히 찰 때도 있지만, 최소한 주말 정도는 꼭 하고 싶은 걸 떠올려 적어 본다. 산책하기와 같은 시시한 일이라도 별표까지 쳐 가면서 말이다.

다이어리 뒤편에는 대개 백지로 된 여분의 종이가 있는데 나는 이 공간을 참 좋아한다. 이곳에는 올해의 목표나 다양한 주제의 목록을 적는다. 가령 친구랑 하고 싶은 것, 가족과 하고 싶은 것, 올해 어떤 사람이 되고 싶은지 등. 그러다 보면 어느새 삶은 기대로 가득 찬다.

인생이 지루하고 삶이 하찮게 느껴지던 때, 삶의 의미가 무엇인지 골똘히 생각하곤 했다. 역경을 이겨 내고 행복하게 살아가는 사람들을 보면 공통적으로 '감사하는 태도'를 지니고 있었다. 하지만 나는 아무리 배우려고 노력해도 그런 태도를 가질 수가 없었다. 지금의 삶에 적응되어 당연하게 여기는 건 자연스러운 일이 아닐까 하는 회의적인 생각마저 들었다. 감사하는 게 중요하다곤 하지만, 아무리 감사하려고 해도 내 삶이 감사해지지 않았다. 오히려 감사하는 태도가 비판적인 사고를 막고, 부조리한 현실에 순응하는 거라고 치부할 때도 있었다.

순응하는 것에 반기를 든 만큼 인생을 능동적으로 살았느냐 하면 그것도 아니었다. 주어지는 하루하루를 그저 살아갔을 뿐이다. 하지만 하루를 채울 계획을 세우고, 인생을 통해 얻고 싶은 것들을 글로 쓰고, 행동으로 옮기는 과정에서 삶을 바라보는 시각이 조금은 달라진 것 같다. 물론 그렇다고 삶이 갑자기 감사해진 것은 아니지만, 이왕 인생에서 내가 취할 수 있는 것들을 끊임없이 찾고 취하자고 마음먹었더니 삶이 소중해졌다. 나의 상황 때문에 감사하거나 불행한 것이 아니라 능동적으로 살아갈 수 있는 기회 자체가 소중하다고 할까. 반대로 아무것도 하지 않고, 수동적으로 삶을 받아들이면 당연히 감사할 것도 재밌을 것도 없을 것이다.

행복할 짓을 해야 행복해진다. 나는 인생이 행복을 쟁취하기 위한 투쟁이라고 생각한다. 투쟁이라는 표현을 쓴 것은 그만큼 행복을 위해 상당한 노력이 필요하다는 점을 강조하고 싶었기 때문이다. 많은 사람들이 행복을 거저 얻을 수 있는 것처럼 말하곤 하는데 적어도 나는 행복이 자연스럽게 따라오는 타입은 아닌 것 같다. 타성에 젖어서 살면 기쁨도 달아나므로, 끊임없이 인생에서 취할 수 있는 재미를 스스로 찾아야 했다. 인생에게 무언가를 요구하지 않으면 정말 지루한 삶을 살게 된다. 타성으로만 살다 보면 쉽사리 짜증이 나고 스트레스가 쌓인다.

나의 투쟁은 주로 자유로운 시간을 쟁취하기 위해 벌어진다. 자유를 확보한 시간에 정말 하고 싶었던 것들을 하는 게 너무도 좋다. 하고 싶은 것은 그다지 거창하지 않다. 주말마다 나들이를 가는 것 내지는 동네 산책 정도다. 그런 시간이 창작을 하는 시간만큼이나 좋다.

어떤 방식으로 하루를 보낼 때 가장 행복한지 실험해 봤다. 모임에 참석하거나, 하루 종일 쉬면서 책만 읽거나, 악기를 연주하는 등 다양한 방식으로 주말을 보냈다. 가장 만족도가 높은 활동의 조합을 만들고 싶었다. 즉 가장 좋아하는 주말 루틴을 만들고 싶었고, 찾아낸 주말 루틴은 다음과 같다.

아침에 햇볕이 내리쬐면 슬슬 눈을 뜬다. 알람을 맞춰 두지는 않았지만 이왕이면 일찍 일어나려고 한다. 하루를 일찍 시작하면 오전에 해야 할 운동을 모두 끝내 놓는다. 그렇게 운동을 마치면 곧 점심 무렵이 된다. 배가 고프니 따뜻한 밥부터 챙겨 먹고, 배가 부른 후에야 미리 사 둔 재료로 반찬을 만들기 시작한다. 냉장고에서 재료를 꺼내 다듬는다. 재료를 손질하는 순간은 마치 명상하는 시간처럼 모든 잡념이 사라져서 좋다. 반찬을 직접 만들어 먹으면 돈도 절약되고 건강에도 좋다. 조리 과정도 믿을 수 있고, 일회용 쓰레기가 덜 나오니 환경 보호에도 도움이 된다. 그런 소소한 생각을 하다 보면 대단한 일을 하고 있는 것 같아 뿌듯해진다. 완성된 반찬은 식혀서 통에 담고 냉장고에 보관한다. 냉장고에 반찬을 차곡차곡 넣어 두면 도토리를 모아 둔 다람쥐처럼 마음이 든든하다. 낮에는 조금 빈둥거리다 고구마를 쪄 먹으면서 책을 읽는다. 가볍게 읽을 수 있는 책 한 권과 조금은 지적인 도전을 요하는 책 한 권의 조합이 가장 좋다. 그리고 해가 기울어 그림자가 길어지면 글을 쓰든, 그림을 그리든, 영화 감상을 적든, 나름의 창작 활동에 몰두한다. 그러면 시간이 훅 지나가 있는데, 해가 지면 동네를 잠깐 걷거나 장을 보고 돌아온다. 저녁을 먹고 하루를 정리하는 일기를 간단하게 쓴다.

이 루틴이 너무도 마음에 들어서, 몇 개월 동안이나 같은 방식으로 주말을 보냈다. 삶이 이렇게만 반복된다면 세상을 다 가진 것처럼 만족스러울 것 같았다. 더 바랄 것이 없었다. 여유로운 주말에만 이렇게 보낼 수 있다는 것이 조금 아쉬웠지만, 그래도 완벽하게 내가 원하는 하루를 보낼 수 있다는 것만으로 충분했다.

삶을 자유로이 꾸릴 수 있다면 이런 나날들로 채워 넣고 싶었다. 내가 진짜 원하는, 처음 스스로 만들어 본 삶이었다. 나는 이 삶이 소중해서, 감사하지 않을 수 없었다. 노력해도 싹트지 않던 감사함이 진짜 내 삶 앞에서는 누가 시키지 않아도 저절로 자라났다. 감사함이란 소중함 속에서만 자랄 수 있는 것이었다. 나에게는 내가 처음 만든 하루가 너무도 소중했다.

나이가 지긋한 부호들에게 자신의 재산과 젊음을 맞바꿀 수 있다면 어떻게 하겠는가, 라는 질문을 던지면 젊음을 선택하는 경우가 많다고 한다. 하지만 옳다구나, 이때다 하고 자신의 젊음을 냅다 팔아 버릴 젊은이가 나타날지는 모르겠다. 나 또한 그런 말을 들으면 그래, 아무리 큰돈이라도 나의 젊음과 바꾸고 싶지 않지, 하는 생각이 든다. 시간은 누구에게나 공평하게 주어진다. 공평하게 주어지는 시간을 아껴 쓰는 것만큼이나 가치 있는 일은 없다. 그저 흘려보내는 게 아니라, 스스로 시간을 계획해 원하는 활동으로 채워 넣는 것. 가족과 시간을 보내도 좋고, 취미 활동을 해도 좋고, 소중한 사람을 만나도 좋고. 그렇게 하루하루를 충만하게 사는 게 가장 바람직한 삶이라고 생각한다. 모든 것은 변하기 마련이

고, 미래는 늘 불확실하다. 좋은 하루를 보내는 것만큼 내가
할 수 있는 가장 확실한 일은 없지 않을까.

다양성과 틀

대한민국 사회에서 3대 과업이라면 역시 입시, 취업, 결혼이 아닌가 싶다. 대학에 갓 입학했을 때는 인생의 과업을 하나 해결한 것이 감개무량했는데, 숨 돌릴 틈도 없이 다음 과업에 전념해야 하는 삶이 다소 억울하게까지 느껴졌다.

결혼에 대한 불안감이 문득 생겨난 건 마스다 미리의 《결혼하지 않아도 괜찮을까?》라는 만화를 읽고 나서부터였다. 이 책은 가족이 있는 삶을 당연하게 여겼던 나로 하여금 '가족 없는 미래'를 생각하게 만들었다. 결혼하지 않는 것이 적어도 나에겐 괜찮지 않을 것 같았다. 나에게 가족이라는 가치는 굉장히 중요했다. 이 강한 가족애는 따뜻한 성정의 부모님 덕분이기도 했지만 유년 시절부터 뿌리 깊게 자리 잡은 '세상은 친절하지 않은 곳'이라는 인식 때문에 생겨났다. 세상을 차갑게 느낄수록 가족이란 울타리는 소중했다. 그런 나에게 가족이 없는 미래는 불안하게만 느껴졌다. 최후의 보루를 빼앗겨 버리는 느낌처럼 말이다. 가족이 없는 삶이 괜찮을지, 그 답을 찾고 싶었다.

결혼 제도 바깥에서 사는 이들의 삶에 더욱 관심이 생겨, 그들의 생활을 조명한 다큐멘터리나 관련된 독립 영화를 찾아보았다. 결혼하지 않은 사람들이 모여 만든 생활 공동체도 있었고, 2인이 모여 거주 공간을 공동으로 소유하는 방식도 있었다. 지나치게 실험적인 것들도 있었지만, 정착될 가능성이 엿보이는 것도 있었다.

그런 세계를 탐색하는 과정에서 '가족'이란 무엇인지 그 정의와 본질을 묻게 된다. 두 명의 남녀가 혼인하여 맺어진 부부와 그 혈연관계만이 가족일까. 사랑이 있어야만 가족일까. 함께 거주한다는 사실이 중요할까. 현실에는 다양한 개념의 가족이 존재한다. 사랑이 없는 가족도 존재하며, 함께 거주하지 않지만 끈끈한 가족도 있다. 피 한 방울 섞이지 않고 법적인 지위를 인정받지 않아도 서로 기대어 의지하는 가족도 있을 것이다. 그 모든 공통된 관계를 '가족'이라고 묶는 본질은 무엇일까. 사회에서 규정짓는 '정상 가족'의 정의를 떠나 자신이 생각하는 정의를 내려 보는 것, 그게 다양성의 시작이 아닐까 싶다.

'결혼하지 않아도 괜찮을까?' 나에게 두려움을 주었던 책 제목이자 물음. 시대 흐름에 맞는 적절한 질문으로 바꿔 보자면 '가족 없는 삶도 괜찮을까?'가 될 것이다. 가족의 다양성을 마주하며 내가 정의한 가족의 본질은 '오래도록 함께이고 싶은 마음'뿐이었다. 서로에게 그런 마음을 가지고 함께 지내는 진실한 사이라면 성별이나 나이, 다른 어떤 것들에도 구애되지 않고 가족이라 정의할 수 있지 않을까. 적어도 나의 정의에 따른 '가족'이 존재한다면 사회에서 말하는 '가족'이 없는 삶이어도 충분히 괜찮을 것 같다.

다양한 삶을 관찰하다 보면 오히려 내가 틀 안에서 세상을 바라보고 있음을 느낀다. 세상이 만들어 놓은 틀, 어쩌면 나의 고정관념으로 만들어진 틀 안에 들어가고자 평생 아등바등하며 살았다. 하지만 틀이 주는 안정감을 추구했던 것이, 아이러니하게도 틀 바깥에 대한 불안감을 가장 증폭시켰던 게 아닌가 싶다. 틀 밖에 다양한 세계가 존재하는 것을 발견할 때면 조금은 나다움을 펼쳐 보일 용기를 얻는다.

진로와 직업을 바라보는 나만의 틀 또한 있었다. 취미로 글과 그림을 인터넷에 업로드한 것이 작은 발단이었다. 어떤 목표나 기대를 가지고 시작한 일은 아니었다. 그저 창작으로 나의 조그마한 흔적을 남기고 싶었다. 덤으로 나의 창작물이 다른 사람들에게 즐거움까지 준다면 의미 있겠다는 단순한 생각에서 출발했다. 그렇게 창작의 세계에 발을 들여놓았는데, 갈수록 전업으로 창작을 하고 싶다는 욕망이 생겨나기 시작했다. 직장을 포기할 용기는 없어서 주말과 여가를 헌납하며 작업에 몰두했으나 뚜렷한 성과를 내기엔 역부족이었다. 창작물로 먹고살 방법을 궁리했지만 답은 나오지 않았고, 여러 공모전에 도전했지만 번번이 낙방했다. 결국 전업 창작자가 되는 것을 포기할 수밖에 없었다.

전업 창작자가 되기 위해 분투하면서 얻은 가장 큰 소득은 직장에 대한 새로운 시각이었다. 창작을 시작하기 전에는 직장에 대한 만족감이 크지 않았다. 직장은 생업이고, 살아남아야 한다는 생각에 열심히 했을 뿐이었다. 그런 마음을 가지고 있었기 때문에 창작을 하는 삶이 멋져 보였던 건 당연한 일이었다. 생업을 위해 짜내는 힘이 아니라 순수하게 내적인 동기에서 우러나오는 열정 있는 삶을 가지고 싶었다.

창작을 시작해 보니 환상은 처참하게 깨졌다. 좋아하는 일이라는 미명 아래 스스로를 혹사하는 일이 잦았고, 머릿속으로는 늘 다음 내용을 구상하느라 휴식이 사라졌다. 이성적으로 생각하려고 노력하지만, 창작물과 나 자신을 동일시하는 경향이 있어 창작물에 대한 비판을 나에 대한 공격처럼 느끼기도 했다. 물론 창작에 나쁜 점만 있던 것은 아니다. 단지 이전에는 그늘 없이 빛난다고만 생각했던 대상의 빛과 그림자를 모두 볼 수 있게 된 것뿐이다. 창작에 대한 열망이 커지면서 떨어질 줄 알았던 직장에 대한 만족도는 오히려 상승했다. 그동안 직장이 가진 그늘만을 봐 왔다면, 이제는 직장의 장점도 느끼게 된 것이다. 퇴근만 하면 업무에 얽매이지 않아도 되고, 끊임없이 일거리를 제공해 주니 일감을 찾아 헤매지 않아도 된다. 창작과는 반대되는 장점이 많았다.

다양한 경험의 목적은 강하게 열망하던 것을 끝끝내 얻는 데에 있는 게 아니라 나와 세상에 대한 안목을 넓히는 것, 그 자체에 있는 게 아닐까 싶다. 빛나는 세계를 좇아 떠나는 게 아니라 빛과 그늘을 고르게 볼 수 있는 시야를 얻는 것이라고 할까.

그렇게 전업 창작에 대한 마음이 식어 갈 때 즈음, 다양한 창작의 세계를 둘러볼 여유가 생겼다. 호기심이 일어 과거 각종 분야에서 지망생 신분이었던 사람들의 현재 삶을 추적하기 시작했는데, 그 모습은 정말 제각각이었다. 작품 활동을 계속하면서 다른 분야의 면허를 취득해 사업을 차린 경우도 있었고, 작품으로 인정받아 성공하는 듯했으나 유지하지 못해 결국 회사에 들어가는 경우, 작품 활동을 하다가 콘텐츠 계열에서 일을 하는 경우, 강연을 하는 경우, 창작 활동을 계속하기 위해 땅값이 싼 지방으로 내려가 소유와 소비를 절제하며 진정한 미니멀 라이프를 실천하는 경우 등. 성공했다거나 실패했다는 말만으로 묘사하기엔 너무나 다채로운 삶의 모습이었다. 그들은 나름의 창작을 계속 이어 왔던 것이다. 그들의 다채로운 삶을 발견하고 '창작자'의 본질을 헤아리게 되었다. 전업으로 소설을 쓰는 사람만 소설가인 걸까? 소득의 절반은 창작으로 벌고, 절반은 생업으로 버는 사람은 반만 소설가인 걸까? 생계의 대부분을 다른 일로 해결하고 있고, 큰 소득이 없는 소설을 출간한 사람은 소설가가 아닌 걸까?

　　어쩌면 나는 '전업 창작자'만을 창작자로 인정하는 틀을 무의식중에 만들었던 것이 아닐까. 틀의 가장 무서운 점은 내면에 자리 잡는 과정을 눈치챌 수 없다는 점이다. 다양한 방식으로 창작이 가능하단 걸 머리로는 알고 있지만, 내면에는 전업이 아닌 것은 인정하지 않으려는 아집이 자리 잡았던 것이다. 지금에야 회고하자면 그 근간은 인정받고 싶은 욕구였다. 인정의 가장 확실한 지표가 돈이기 때문에 전업을 능력의 방증이라 여겼다. 내가 원한 것은 창작 그 자체였을까, 다른 사람들의 인정이었을까?

나의 본질이 쓰고 그리는 그 자체라면, 굳이 어떤 틀에 얽매여 있을 필요는 없었다. 창작 행위를 한다는 본질 아래에서는 모두가 창작자라고 불릴 자격이 있는 게 아닐까? 각자가 고유한 다양성을 가진 창작자라고 생각한다.

손끝에서 작품이 피어나는 경이로움과 즐거움. 그것이 나에겐 창작의 목적이며, 이 마음이 변질되지 않는 것이 전업 창작자가 되는 일보다 훨씬 중요하다. 더는 틀 안에서 창작자가 되려고 고뇌하지 않는다. 모두가 똑같은 길을 갈 필요는 없으며, 나 또한 하나의 사례가 되어 다양성에 기여하려고 한다. 괴롭거나 불안해질 때면, 혹시 내가 모르는 감춰진 틀이 있는지 생각해 본다. 어떤 사람이 되어야 한다는 틀이 나를 괴롭게 만들 때도 있고, 때론 어떤 욕망이나 기대가 나를 틀 속으로 몰아넣기도 한다. 내가 가진 틀을 깨고 자기다워지고 싶다.

나다운 관계 맺기

내가 누군가를 아끼고 좋아하는 방식은 상대에게 맞춰 주는 것이었다. 상대가 좋아하는 것에 관심을 가지고, 원하는 것을 같이 하면서 상대의 기분을 해치지 않기 위해 노력했다. 누군가를 아끼고 좋아할 때는 으레 그렇게들 행동하니 그게 당연한 것인 줄 알았다. 이런 방식을 오랫동안 고수하다 보니 내 주장을 펼치고, 내가 원하는 바를 요구하는 것은 배려가 없는 행동이라는 생각마저 들었다.

우리는 전통적인 부모의 모습을 통해 사랑이나 배려 같은 개념을 배운다. 자식의 삶을 위해 자신의 삶을 포기하는 부모의 모습을 보면서 이를 습득해 왔다. 자식에 대한 내리사랑이 하나의 문화와 정서로 자리 잡으면서 사랑이나 배려 같은 행위에 희생이라는 개념이 내포되기 시작한 게 아닐까 싶다. 그래서인지 아끼는 이를 대할 때 나다움을 포기하고 상대에게 초점을 맞추는 것을 당연하게 여기게 되었다. 나에게 치명적이지 않다면 대부분 포용하고 받아 주는 것을 진정한 존중이라고 생각했다.

나도 그런 방식의 사랑을 받아 왔다. 하지만 그런 방식에는 베푸는 사람이 무엇을 원하는지 점점 알 수 없게 된다는 문제점이 있다. 상대가 나를 배려하는 것인지, 정말 괜찮은 것인지, 마음에 들지 않는데 감내하고 있는 것인지 알 수 없다. 나를 배려하는 데 힘을 쓰기보다는 본인을 위했으면 하는 마음이 컸다. 보통 어르신들은 젊은 사람들에게 부담을 주지 않으려고 한다. 무언가를 받으면 빚이라고 생각하고 "고맙다."보다 "미안하다."라는 말을 더 많이 건넨다. 그러면 나는 그 대답을 의도한 것이 아니었기에 미안해지고 이것 또한 어르신에게는 부담이 되었을까, 고민하게 된다.

하지만 정작 나도 아끼는 사람을 똑같은 방식으로 대하고 있는 걸 발견한다. 상대에게 배려랍시고 솔직한 마음을 내비치기보단 자꾸 나를 감추니, 상대가 나의 눈치를 살피는 경우도 생긴다. 오직 상대에게만 초점을 맞춘 채, 나를 점점 잃어버리면 관계는 오히려 잘못된 방향으로 흘러가기도 한다. 식사 자리에서 상대가 배불리 먹었으면 하는 마음에 배고픔을 견뎠는데, 상대는 음식을 남기지 않으려고 억지로 먹었다고 괴로움을 토로할 수도 있다. 이런 경우는 그나마 귀여운 편이다. 상대가 바라지도 않는, 심지어는 상대에게 크게 와닿지 않는 배려를 스스로 제공하고는 "내가 너에게 어떻게 했는데 네가 나에게 이럴 수 있느냐."라고 하며 보상 심리와 서운함을 드러낼 수도 있다.

말을 하기 전에 알아서 챙겨 주는 것이 미덕이라고 생각하는 문화, 자신보다 남을 우선하는 정서 속에서 자라 왔다. 체면을 중시하는 분위기 때문인지 좋아하는 것을 노골적으로 표현하는 것은 모양새가 썩 좋아 보이지 않고, 자기주장을 강하게 내세우는 것은 배려심이 없고 이기적이라는 인상을 준다. 과거에는 동질 집단 속에서 추구하는 가치가 대개 동일했기 때문에 상대가 원하는 바를 쉽게 추측할 수 있었다. 그래서 '알아서' 배려하는 것이 효율적인 방식이었을지도 모르겠다. 하지만 요즘같이 가치가 다원화된 사회에서는 나와 상대가 원하는 것이 다를 가능성이 훨씬 크다. '네가 내 마음을 알아서 적당히 해 줬으면 좋겠어'라는 생각이 얼마나 난이도가 높은 해석을 요구하는 일인지, '너는 당연히 이

걸 좋아할 거야'라는 생각이 얼마나 오류를 범할 가능성이 높은지 이제는 알아야 한다. 누군가가 추구하는 가치를 추측하기 어려워진 세상에 살고 있다. 추측하기도 어려운 남의 의중을 우선으로 두고, 자기의 의사를 감추는 방식의 배려는 효과도 적고 애꿎은 보상 심리만 일으킨다.

인간관계를 맺을 때 나다움에 중점을 두기로 했다. 어떤 게 좋은지, 어떤 게 좋지 않은지 분명하게 표현하기로 마음먹은 것이다. 그런데 자신을 감추는 것에 익숙해지다 보니 무엇을 원하고, 원하지 않는지 모르겠다는 게 문제였다. 늘 'YES!'만을 외쳤기 때문에 나의 진짜 대답에 대해서 생각해 본 적이 드물었다. 나는 무엇을 원하는 걸까, 도대체 나답다는 게 뭘까?

나다움에 대해 탐구하기 시작했을 때, 가장 먼저 시도한 것은 '감정을 살피는 일'이었다. 내가 무엇을 좋아하고 싫어하는지, 관계에서 무엇을 원하는지를 아는 데 감정이 힌트가 되지 않을까 생각했기 때문이다. 그때부터 마음에 스쳐지나가는 감정을 포착하는 연습을 했다. 음식에 대한 감정부터 시작해 보았다.

가리지 않고 무엇이든 좋아한다고 생각했던 음식에도, 자세히 들여다보면 미묘한 감정이 존재했다. 집에 돌아온 가족의 손에 들린 검은 봉투에는 종종 먹을 게 들어 있었는데, 그 음식의 정체가 무엇인지 기대하는 재미가 쏠쏠했다. 그런데 그것이 수육일 경우 어쩐지 실망하는 나 자신을 포착했다. 가족 중 누군가가 수육을 사 오면 언제나 잘 먹었다. 그런데 검은 봉투에 담긴 음식이 수육임을 확인한 순간, 아주 짧게 흘러갔던 '실망'이라는 감정을 처음으로 인지했다. 수육을 생각보다 좋아하지 않는다는 사실을 알게 된 게 신기했다. 나는 내가 좋아하는 음식 목록을 써 내려가 보고 싶어졌다. 나만의 입맛 목록을 만들어 적극적으로 추구하는 음식과 소극적으로 추구하는 음식, 추구하지 않는 음식 등을 살펴보았다. 나는 아무거나 다 괜찮은 사람이 아니었다. 음식에 대한 호불호가 분명하게 있었는데 그것조차 인지하지 못한 채 살아온 것이다.

다양한 디자인 중에서 마음에 드는 것을 고르는 연습도 했다. 비슷해 보이지만 미묘하게 다른 옵션 중에서 무언가를 선택하는 일은 꽤 어려운 작업이었다. 옷을 고를 때도 입었을 때의 감정을 면밀히 살폈다. 디자인은 훌륭하지만 어쩐지 어색한 느낌을 주는 옷이 있었다. 그 옷을 입은 나의 표정에서는 불편함, 긴장감 같은 감정이 보였다. 감정적으로 나에게 편안한 옷은 무엇인지 찾아보게 되었다.

사람과 함께할 때의 감정도 들여다보았다. 헤어진 다음 집으로 돌아오는 발걸음이 무거워지는 관계가 있는가 하면, 만나고 오면 마음이 가벼워지고 산뜻한 느낌이 드는 관계도 있다. 동일한 사람을 만나더라도 그날의 감정은 달라졌다. 어떤 상황은 나를 유쾌하게 만들었고 어떤 상황은 아주 찰나였지만 나를 불쾌하게 만들었다. 누군가를 만나고 집으로 걸어가는 길에 찬찬히 내 감정을 복기해 보았다.

언제 편안하고 언제 불쾌한지, 그것을 통해 나라는 사람을 정의했다. 나를 알아 가는 데에 감정이 많은 도움이 되었다. 감정은 하나의 신호다. 무의식에 어떤 생각이 자리 잡고 있으면, 감정을 통해 그것을 인지할 수 있다. 실망이란 감정을 통해서 무언가를 기대했다는 사실을 알아차리고, 슬픔이라는 감정을 통해서 무언가를 소중히 여겼다는 사실을 깨닫는다. 뿌듯함이라는 감정을 통해서 무언가를 가치 있게 여겼음을 알 수 있다. 내가 느끼는 감정은 곧 내가 어떤 사람인지 알려 주는 지표였다.

　나를 아는 것은 어느 정도 해결이 되었다. 문제는 나의 의사를 표현하는 일이었다. 감정을 표현하는 일은 감정을 알아차리는 일과 차원이 다른 문제였다. 어쨌든 진의를 숨기지 말고 있는 그대로 표현하기로 했다. 긍정적인 감정을 느낄 때마다 자주 표현했다. 단순하고 군더더기 없이, 애써 과장하지 않고 맛있으면 맛있다고, 즐거우면 즐겁다고 말했다. 이런 표현은 익숙해지니 어렵지 않았다. 긍정적인 감정은 숨길 필요가 없었다. 감정을 이야기함으로써 내가 좋아했다는 사실을 한 번 더 깨달을 수 있었고, 상대도 나의 반응을 확실히 알 수 있으니 문제가 생기지 않았다.

　부정적인 감정을 표현하는 일은 어려웠다. 혹여나 상대가 나 때문에 상처를 받지는 않을지 걱정되었다. 하지만 무조건 감내하는 것이 배려가 아니라, 서로 유쾌한 시간을 보내는 것이 진정한 배려라는 것을 잊지 않기로 했다. 함께 있을 때 불편한 감정이 든 부분이 있다면, 긍정적인 감정을 표현할 때와 마찬가지로 최대한 담백하고 덤덤하게 이야기했다. 상대에 대한 비난을 배제하고 있는 그대로 표현하는 것에 중점을 두었다.

내가 받아들인 상황과 나의 입장, 그때의 감정을 찬찬히 풀어내면 상대도 대개 기분 나쁘게 생각하지 않았다. 상대도 같은 방식으로 나에게 말해 준다면 나도 물론 기분이 나쁘지 않을 것이다. 그렇게 이야기하다 보면 대부분의 오해는 잘 풀렸다.

다른 사람들의 호감을 얻기 위해서는 어느 정도 나를 잃어버리는 일이 필요악이라고 생각했다. 그래서 사람들을 만나는 게 피곤하게 느껴졌고, 누군가가 나를 좋아할수록 나는 내가 싫어졌다. 타인에게 그저 맞추기만 했던 시절에서 벗어나 지금은 나다운 관계를 맺고 있다. 나에게 맞게 관계의 형태를 수정할 수도 있고, 상대와 함께하고 싶은 것을 제안하기도 한다. 내가 원하는 배려를 확실하게 표현하고, 상대가 원하는 배려도 분명하게 파악한다. 얼마든지 나다움을 유지하면서도 다른 사람과 즐겁게 교류할 수 있다는 걸 뒤늦게나마 알게 되었다. 그리고 나다움을 지키는 방법은 열린 소통밖에 없다는 걸 다시금 느낀다.

주관을 만든다는 건

사람들은 같은 사건을 보고도 판이하게 평가를 내리곤 한다. 한 인물을 두고 훌륭하다고 평하는 사람이 있는 반면, 나쁘게 생각하는 사람도 있다. 비판적 사고력이 낮은 나는 그런 상황에서 제대로 판단을 내리지 못했다. 자기 의견을 열정적으로 피력하는 사람들을 보면 어떻게 그렇게 자신감 있게 주장하는지 부럽기도 했다. 나에게선 주관을 찾아보기 힘들었고, 그래서 그저 목소리 큰 사람의 말이 그럴싸하게만 느껴졌다. 확신에 찬 사람들을 동경하며 바삐 쫓아다니기도 했지만, 막상 가까이서 보면 별 게 없는 경우도 많았다. 나는 올바른 주관을 가지고 싶었다. 줏대 없이 매번 휩쓸리기만 하는 것은 당연히 싫었다.

어느 쪽이 진실인 걸까? 그런 의문이 발단이 되어 답을 찾으려는 시도를 꾀했다. 나는 어떤 현상에 대해 나름대로 근거를 들며 생각을 정립하는 연습을 시작했다. 주관을 길러 보기로 한 것이다. 여러 사회 문제를 놓고 그에 대한 내 의견을 꾸준히 정립해 보았다. 그런 과정이 조금은 도움이 되었는지, 사회 현상을 바라보는 나만의 관점이 생겨나는 듯했다. 이전에는 보이지 않던 현상을 나름의 견해로 판단하는 것은 마치 새로운 안경을 끼고 세상을 바라보는 것만큼이나 경이로운 경험이었다.

하지만 그 안경이 올바른 안경인지 잘못된 색안경인지 판단하기 어렵다는 데에 문제가 있었다. 나는 어떤 이념이 옳다는 생각이 들면 다른 한쪽을 손쉽게 악으로 규정했다. 은연중에 '나는 맞고 그들은 틀리다'라는 생각을 했던 것 같다. 하지만 이념이 너무 확고한 사람들을 볼 때마다 그들의 본질이 광신도와 다를 게 없다는 사실을 체감하며, 어쩌면 확신이 커질수록 진실을 왜곡할 가능성이 높아지는 게 아닐까 자각했다. 소신을 갖는다는 건 그런 측면에서 늘 불안감이 뒤따르는 일이었다.

그렇기에 나와 반대의 시각을 가진 사람의 의견을 이해하는 데에 더 초점을 두기도 했다. 아무리 큰 확신을 가지고 있던 문제도 반대의 입장에서 바라보니 그 시야도 일견 타당했다. 그럴 때면 진실은 더욱 미궁 속으로 빠졌다. 과연 진실이란 무엇일까? 그렇게 나의 주관은 흐려지기만 했다. 이런 과정이 반복되다 보니 나는 따지자면 거의 대부분의 문제에서 양시론에 가까운 회색분자의 태도를 지니게 되었다. 어느 것도 괜찮아지는 지경에 이른 것이다. 의견을 내세우더라도 늘 반대쪽의 의견도 일리가 있다고 여겼으며, 때론 내 주장에 스스로 의구심을 품기도 했다. 항상 자신감이 없었다. 나는 그것이 빈약한 주관의 방증으로 여겨져 싫었다. 주장을 더욱 날카롭게 세우기 위해 애썼지만 주관을 갖기란 쉽지 않았다.

한낱 물건으로도 얄팍한 나의 주관을 확인한다. 집에서 쓰지 않는 물건들을 처분하다 보면 그것을 구매한 최초의 이유가 떠오른다. 가벼운 마음으로 구매한 물건도 있지만, 개중에는 결코 그렇지 않은 물건도 있다. 구매할 당시에는 나름대로 심도 있게 고르고 따져서 구매했으니, 그보다 더 공을 들인 합리적 구매는 없었을 것이다. 그럼에도 결국 나와 끝까지 운명을 함께하지 못했다. 그러면 그때의 의사결정이 틀렸던 걸까. 더 노력했다면 후회하지 않을 수 있었을까.

주관이란 결국 합리적인 의사결정을 위해 필요한 것이다. 인생의 크고 작은 선택에는 주관이 작용하며, 취업이나 결혼과 같이 중대한 선택일수록 주관의 중요성은 더욱 커진다. 그런데 의사결정의 과정에는 사실문제와 가치문제가 뒤섞여 있다. 다양한 정보를 수집하고, 사실 확인을 하며 검증하는 과정이 없다면 잘못된 선택을 할 가능성이 높다. 마치 물건을 구매할 때 평균 시세나 성능, 품질을 꼼꼼하게 확인하지 않고 사면 후회하는 것처럼 말이다. 가지고 있는 정보가 너무 제한적일 경우에도 마찬가지로 좋은 선택을 할 수 없다. 하지만 사실문제를 검증하는 과정만으로 의사결정이 끝나는 것은 아니다. 결국 모든 사실 확인의 과정을 거쳐 살아남은 대안을 가치문제의 영역에서 고민하고 선택해야 한다. 여러 품목이 대동소이할 때, 디자인에 가치를 두는 사람은 디자인이 훌륭한 물건을, 실용성에 가치를 두는 사람은 그에 따른 물건을 선택할 것이다.

내가 주관이 없었던 이유를 알게 되었다. 나는 여러 입장을 고루 탐색하거나 정보를 수집하고, 사실관계를 확인하는 것에는 성실했다. 하지만 최종에 가서 어느 가치를 중시해야 할지 몰랐기 때문에 결정을 내리지 못했다. 가치문제는 정보를 많이 모은다고 해서 답이 나오는 문제가 아니었다. 결국 주관이 뚜렷한 것은 가치 선택에 대한 확신과 맞닿아 있었다. 충분한 정보 수집을 거쳤다는 전제 아래 의사결정의 순간에서 좋은 판단을 내리는 사람은 자신의 가치관을 뚜렷하게 정립해 온 이들이었다.

나는 내가 조금 더 도전적인 사람, 많은 사람과 교류하는 사람이 되길 바랐다. 넓은 식견을 가지고 큰 영향력을 행사하길 꿈꿨다. 그래서 그런 상황에 자신을 몰아넣으며 원하는 가치를 추구하기를 소망했는데, 그럴수록 오히려 불편한 느낌을 지울 수 없었다. 인정하기 싫지만 나는 소박하고, 일상의 안정감을 중요시하며, 작은 것에 만족하는 사람이었다. 다른 사람들은 변화에서 오는 즐거움을 추구하고, 더 많은 성취를 위해 끊임없이 목표를 세우고 일을 추진한다. 하지만 나는 그런 게 잘 되지 않았다. 스스로를 평가 절하하는 경우도 많았고, 해 봄 직한 일을 지레 포기하는 경우도 많았다. 하지만 소박함이 주는 장점 또한 뚜렷했다. 기대가 크지 않으니 괴로울 일이 줄어들었고, 작은 것에도 기뻐할 수 있었다. 허황된 것을 좇으려 하지 않았다.

어떤 길이 맞는지
확신하는 것이 아니라

흠...

자신이 이 길을 좋아
한다는 걸 확신할 뿐.

나는
이쪽이
마음에
들어.

나에게 어떤 가치가 중요한지 깨달았다면 인정하고 전념하는 태도가 필요하다. 소박함을 좋아하면서 자꾸 새로운 것을 탐낼 때, 야망에 대한 미련을 가질 때, 이도 저도 아니게 되는 걸 느낀다. 물건을 사고 나서는 뒤도 돌아보지 말라고 하지 않던가. 이미 물건을 샀음에도 자꾸 다른 가게를 기웃거리다 보면 더 좋아 보이는 걸 발견하게 된다. 그렇기에 소기의 목적을 달성했다면 빨리 집으로 돌아오는 편이 낫다. 소박함이라는 가치를 좇기로 결심했으니 그 가치의 좋은 점을 바라보고, 그 가치로 오는 불이익은 감수하는 책임감을 가지기로 했다. 전념하고 책임지는 자세가 없다면 주관이라는 것은 무의미하다.

나는 여전히 사회 문제에서든 개인 문제에서든 온건한 성향을 지니고 있다. 회색분자의 범위를 벗어나기가 힘들지만, 이 또한 나의 분수일 것이다. 그래도 양시론자에서 벗어난 것에 만족한다. 회색분자의 태도가 싫을 때도 있지만, 일상생활 속에서는 오히려 그러한 태도가 초연함을 주기도 한다는 걸 알게 되었다. '이것 아니면 절대 안 된다'라고 생각하는 순간 곧잘 괴로워졌다. 한쪽으로 치우칠수록 다른 것을 받아들이기 힘들었기 때문이다. 조금은 소극적으로 보일 수 있지만 어느 것도 그런대로 괜찮다고 생각하면 괴로울 일이 줄어들어 유용했다. 책임질 수 있을 만큼 한 발짝씩 나아가는 것이 나의 성향에 더 잘 맞고, 이런 온건한 태도도 꽤나 괜찮다고 생각한다. 꼭 확신과 자신감에 찬 자세만이 초연함이 아니며, 무엇이든 유연하고 부드럽게 받아들이는 자세도 초연함이 될 수 있지 않을까.

주관을 날카롭게 세우는 것은 독선이 되기도 한다. 정량적인 중간을 지키는 것은 이도 저도 아니게 될 때가 많다. 나는 온건하게 한 발짝씩 움직이고 싶다. 그게 주관이 없는 건 아니니까. 회색 달팽이처럼 느릿하게 나만의 주관을 기르고 있다.

나다움을 추구하는 삶

지난날을 돌아보면 후회까지의 짙은 감정은 아니더라도, '이렇게 살았던 건 정말 어리석었다'라고 생각되는 부분이 있다. 바로 다른 사람 때문에 위축되었던 일들이다. 조금 더 자신 있게 행동해도 되었을 텐데, 그들의 말과 시선에 덜 상처받아도 되었을 텐데. 그때는 그게 어려웠다. 유독 그런 문화 속에서 지내 왔다. 튀는 것을 싫어하고, 자기 기준에서 이상하다고 느껴지면 잘못되었다고 생각하는 문화. 각자의 개성을 펼치기보다는 다른 사람들과 비슷해져야 좋다고 여기는 문화.

대학생이 되었을 때 이런 집단주의를 가장 크게 겪었다. 성인이 된 지 얼마 지나지 않았기에 다들 다양한 방식으로 꾸며 자신을 표현했는데, 그중에는 다른 사람이 시도하지 않은 헤어스타일에 도전한 사람도 있었다. 누군가는 수염을 길렀고, 누군가는 눈에 띄는 강렬한 패션을 선보이기도 했다.

그런데 그것을 가지고 몇몇이 모여 흉보는 광경을 여러 차례 목격했다. 나 또한 그들의 독특한 스타일이 생소했지만, 그것을 조롱의 대상으로 삼는 것은 별개의 문제였다. 헤어스타일이나 패션은 철저하게 그 사람에게 속한 것이기 때문에 불가침의 영역이라고 생각해 왔다. 삼삼오오 모여 흉을 보던 이들은 집단에서 이질적인 사람을 조롱함으로써 동질감을 확인하고 싶었던 것인지도 모른다.

집단 문화가 싫었지만 그에 자유로울 수는 없었다. 나답게 행동하는 것이 신경 쓰였다. 내가 입은 옷이나 나의 행동이 가십거리가 될 수 있다는 사실을 늘 염두에 두었다. 나답게 지내는 것보다 최대한 눈에 띄지 않게 지내는 것만을 목표로 삼아 왔다. 다른 사람들에게 진정한 나를 보이고 싶지 않았다. 나다움이 사라지면 사람은 위축되기 마련이다. 나는 그렇게 대학 시절 내내 숨어만 지냈다. 내가 속했던 집단이 심각했기에 그들을 벗어나면 해결될 것이라고 생각했다. 하지만 그들과 멀어져도 습관은 완전히 사라지지 않았다. 새로운 시도를 하고 싶어도 그 시도가 밖으로 드러날 수밖에 없는 일이라면 '다른 사람들이 안 좋게 생각하면 어떡하지?'라는 걱정이 수면 위로 떠올랐다. 다른 사람에게 해악을 끼치는 부정적인 일이 아님에도 불구하고 말이다.

'다른 사람들이 안 좋게 생각하면 어떡하지?'라는 무의식 속의 그 '다른 사람'이 도대체 누구인지를 생각해 보았다. 내가 상정하는 '다른 사람'은 도대체 누구일까? '다른 사람'이라는 이미지가 불특정 다수를 의미한다고 생각했지만, 흐릿한 이미지를 좀 더 구체적으로 떠올려 보니 특정한 인물들로 좁혀지는 것을 알 수 있었다. 내가 두려워하는 사람, 나와 달라서 약간은 불편한 관계를 맺고 있는 사람, 혹은 비난을 가장 잘할 것 같은 사람을 상정해 놓고는 그들을 두려워했던 것이다.

곰곰이 생각해 보니 참 모순적이었다. 그렇게 떠올린 사람들은 정작 나와 그다지 가깝지 않았기 때문이다. 친하고 돈독한 사이라면 사실 눈치를 볼 필요도 없다. 그들은 내가 무엇을 하든 따뜻한 마음으로 지지할 테니까. 오히려 나와 가깝지 않은 몇몇의 이목이 더 신경 쓰였던 것이다. '그들이 나에게 중요한 사람인가?' 아니었다. 물론 그들은 나름대로 각자의 위치에서 누군가에게는 소중한 인물일 것이다. 하지만 나와는 깊은 관계를 맺지 않았기 때문에 서로에게 미치는 영향이 크지 않았다. 나에게 중요하지 않은 이들의 말이나 행동이 신경 쓰여 나다움을 잃어버리면 얼마나 후회가 될까, 문득 그런 생각이 들었다. 나에게 가장 중요한 사람은 역시나 나와 가깝고 친한 이들이다.

나에게 상처를 주는 사람도 중요하지 않은 인물일 때가 많았다. '중요하지 않은 사람'에게서 나온 날 선 말을 '중요하게' 받아들일 필요는 없다는 것을 이제는 안다. 그들을 미워하고 싫어하기보단 그저 서로에게 중요도가 낮은 사이라고 생각하기로 했다. 때로는 소중하다고 여겼던 관계가 나에게 상처를 줄 때도 있다. 이런 상황은 더 마음이 아프다. 잠깐의 갈등으로 끝나면 다행이지만, 애초에 서로를 존중하지 않으면서 형식적으로만 소중하게 생각해 온 것이라면 문제는 커진다. 그럴 때는 관계의 본질을 잘 들여다보았다.

이것을 깨달은 후로는 인간관계에서 받는 스트레스가 줄었다. 나에게 거듭 상처를 주는 사람과는 거리를 둔다. 대신에 원하는 활동에 잠시 눈을 돌리거나 더 소중한 사람과 시간을 보낸다. 소중한 사람을 소중하게 대하는 것만으로도 충분히 바쁘다.

예전에는 나의 좁디좁은 인간관계를 걱정하기도 했지만 살면 살수록 '내 마음 편한 게 제일'이라는 생각이 든다. 그렇다고 불편한 관계를 모조리 내치는 것은 아니다. 그저 좋아하는 관계에 좀 더 집중하고 나다운 활동에 더 몰두할 뿐이다. 누군가를 미워하거나 괴로워하는 데에 시간을 할애하는 것은 낭비다. 눈치 보지 않고 하고 싶은 일을 하고, 좋아하는 사람을 만나고, 마음이 끌리는 곳을 향해 가는 것. 그것만으로도 충분히 바빠서 지금은 다른 사람의 시선을 신경 쓸 여력이 없다.

피해 의식이나 분노에 휩싸여 다른 사람에게 악감정을 품거나, 반대로 화살을 나에게 돌려 자신을 해치는 것만큼이나 무익한 일은 없다. 나에게 집중할수록 누군가를 미워하는 마음은 사라지고, 의미 있는 활동에 몰두할 수 있었다. 결국 내가 행복해야 주변 사람들도 행복해지고, 다른 사람들에게도 친절을 베풀 수 있다. 그리고 그것이 선순환되어 좋은 사회를 만드는 게 아닐까. 감당할 수 없는 불행이나 상처를 끌어안고 있다고 해서 나와 내 주변이 더 행복해지는 것은 아니다. 행복추구권은 개인에게 주어지는 권리라는 말이 있지만, 나는 권리가 아닌 의무로 받아들여야 한다고 생각한다. 스스로를 행복하게 만들어야 할 의무이자 책임이 있다고, 다른 사람의 눈치를 보거나 상처를 받으면서 자신이 행복할 기회를 박탈하지 말자고. 나다움이 나를 행복하게 만드는 지름길이다. 나는 나다움을 적극적으로 추구하고자 마음먹었다.

개인이 가진 욕망을 잘 실현하는 것이 나다운 삶이라고 생각한다. 누군가의 눈치를 보거나 사회적 압박에 시달리면 개인이 가진 욕망은 그 속에 감춰진다. 자신의 욕망을 모른 채 타성에 젖어 사는 것이다. 상처나 억압을 받으면 풍선 효과처럼 잘못된 방향으로 욕망이 분출되어 바람직하지 않은 삶을 살 수도 있다. 남의 시선과 상처로부터 벗어나야 자신이 진정으로 추구하는 욕망을 들여다볼 수 있다. 사람은 제각기 다른 욕망을 지닌다. 그 욕망은 결핍이나 열등의식에서 비롯할 수도 있고, 이상에 대한 동경, 살아온 환경 등 다양한 요인으로 생겨난다. 자신의 욕망을 정확히 알고, 각기 다른 욕망을 바람직한 방식으로 발현하며 자기만의 삶을 만들어내는 것이 가장 이상적인 형태의 나다움이 아닐까 싶다. 나다운 삶을 살기 위해서는 자기 욕망을 정확히 아는 것이 그만큼 중요한 일이리라.

고대 에피쿠로스학파는 욕망을 절제함으로써 만족을 극대화하라고 말한다. 불교의 영향을 받았던 쇼펜하우어는 인간은 욕망으로 인해 고통이나 권태 같은 괴로운 상태에 빠진다고 말한다. 종교에서는 욕망이 탐욕으로 번지는 것을 늘 경계한다. 여러모로 긍정적인 평가를 받지 못하는 욕망이지만, 아무리 생각해도 사는 목적이나 이유는 욕망에 근거하는 것 같다. 그렇지 않고서야 생을 더 유지하려는 목적을 설명할 길이 없기 때문이다. 다만 올바르게 욕망을 추구하는 것이 인생에 주어진 과제일 것이다.

올바르게 욕망을 추구하는 방법에 대해서 늘 고민한다. 가장 바람직한 방법은 실현 가능한 유익한 욕망을 적당량으로 추구하는 것일 테다. 허황된 욕망을 꿈꾸는 것은 이룰 수 없기에 고통만 낳을 뿐이다. 얻을 수 있는 것을 바라면 만족감은 늘어나고 괴로움은 줄어든다. 그러나 실현 가능하다고 해서 모든 욕망이 바람직한 것은 아니다. 부도덕한 욕망을 추구하는 것은 타인과 사회에 유익하지 않으며, 자기 파괴적인 욕망은 자신에게 유익하지 않다.

정신적인 것을 욕망하는 것과 물질적인 것을 욕망하는

것, 모두 좋지만 굳이 따지자면 충족하기 용이하다는 점에서 정신적인 욕망이 조금 더 유익한 욕망이 될 확률이 높다고 생각한다. 그것이 더 고상하다거나, 더 높은 차원의 욕망이라는 말이 아니다. 물질적인 것은 그 양이 한정되어 있어서 내가 원하는 만큼 얻지 못할 확률이 높고, 내가 욕망하는 만큼 다른 사람이 빈곤해질 수 있기 때문에 충족하기에 어려움이 있다. 반면에 정신적인 것은 기준을 어디에 두느냐에 따라 상대적으로 쉽게 욕망을 충족시킬 수 있다. 심지어 지식의 경우, 다른 사람에게 나누어 주어도 사라지지 않는다. 나는 그래서 우정이나 사랑, 지식과 지혜, 예술 등 정신적인 것에서 만족을 느끼려고 하는 편이다.

물질적인 것을 추구하더라도 분별 있게 추구하여 나다운 삶을 사는 사람도 있고, 정신적인 것을 추구하더라도 온갖 만행을 저지르며 피해를 주는 사람도 있는 것을 보면, 어떤 것을 추구하느냐는 그렇게 중요한 문제가 아니라는 생각도 든다. 자신이 욕망하는 바를 정확하게 알고 그것을 바르게 좇으며 산다면 '나다운 삶'을 영위한다고 할 수 있지 않을까.

다른 사람의 시선에서 벗어나 적극적으로 욕망을 추구하

기 시작한 후부터, 시간의 흐름에 따라 각기 다른 욕망을 추구하며 살아왔다. 그중 허황된 욕망 몇몇은 포기하고 몇몇은 여건에 알맞게 수정하면서 실현해 냈다. 그러다 보니 지금은 욕망하는 것이 많지 않다. 남은 욕망 중에서 가장 강한 욕망은 스스로 올바른 가치관을 정립하고 이를 실천하며 사는 삶이다. 이 욕망을 이루기 위해서는 때때로 타인이 추구하는 것과는 조금 다른 방향으로 갈 수 있는 용기도 필요하고, 스스로 옳고 그름을 판단하여 바른길을 가고자 하는 줏대도 있어야 한다. 살다 보면 바른 삶의 의미가 수시로 바뀌지만, '추상적인 선을 실현하려고 하지 말고 구체적인 악을 제거하기 위해 노력하라'라는 철학자 칼 포퍼의 말처럼 내 삶과 사회에 악이 되는 것을 없애는 것을 우선으로 삼고 있다.

타인의 시선과 억압으로부터 자유로워지지 않았다면 욕망을 있는 그대로 들여다볼 일조차 없었을 것이다. 그렇게 언제까지고 눈치만 보며 그 누구의 것도 아닌 어정쩡한 인생을 살았을 것을 생각하면 정신이 아득하다. 나는 모두가 자신의 욕망을 바람직한 방식으로 추구하며 개성 있게 살기를 바란다.

타인으로부터 자유로워졌을 때,
내가 원하는 것은 뭘까?

포기했던 영역에 도전하기

살다 보면 종종 슬픔이 찾아온다. 슬픔에는 크게 두 가지 종류가 있다. 하나는 시간이 해결해 주는 일시적인 슬픔이고, 다른 하나는 반복적으로 찾아오는 만성적인 슬픔이다. 전자는 이별의 아픔이나 운이 좋지 않아서 잠시 나쁜 상황에 처한 것 등이 있다. 당장은 고통스럽지만 이 고통이 계속되지는 않을 것이라는 믿음이 있기에 참을 수 있는 종류의 슬픔들. 시간이 해결해 주는 슬픔은 현재와 밀접하게 관련이 있다. 반면 만성적인 슬픔은 과거나 미래에 대해 생각하다 보면 생겨난다. 현재로서는 해결할 방법이 없기 때문에 만성적으로 변하는 것이다.

때는 전자의 슬픔에 빠져 있던 시기였다. 시간이 해결해 줄 것을 알지만, 눈앞의 슬픔을 잊기 위해선 주의를 돌릴 무언가가 필요했다. 하지만 슬픔은 새로운 것에 대한 호기심마저 앗아 간다. 새롭게 시작할 만한 것이 마땅히 떠오르지 않았다. 그럴 땐 주로 과거에서 적당한 소재를 찾았다. 예전에 관심이 있었지만 포기했던 것들에 다시 도전하며 시간을 보내려고 마음을 먹었다. 그러다 보면 이 고통의 시간도 지나가 있겠지, 하면서.

그렇게 기타를 다시 시작했다. 십 년 전, 기타를 처음 배웠을 때는 예상했던 것보다 어려워 놀랐다. 그때 배운 것들 중 기억에 남아 있는 것은 기타는 미라레솔시미 여섯 줄로 이루어져 있다는 점, 기타 악보를 읽고 간단하게 연주하는 방법 정도였다. 더 많은 것을 배웠을 테지만 그 이상은 내가 받아들이지 못했다. 그렇게 몇 차례의 수업이 모두 끝나고 나에게 남은 건 기타에 대한 좌절감이었다.

까마득히 잊고 살았던 기타를 다시 쥐었고, 옛 기억을 더듬어 가며 꾸준히 연습했다. 노력이 빛을 발했는지 몇 곡은 악보 없이도 연주할 수 있게 되었다. 지금 생각하면 중독이라 부를 만큼 기타에 심취했었다. 무언가에 몰입하다 보니 어느새 슬픈 생각이 사라졌고 마음은 차분해졌다. 그리고 나를 한 번 좌절시킨 것을 극복했을 때의 기쁨은 무엇과도 바꿀 수 없었다. 아직 초보 실력이지만, 그때의 슬픔과 맞바꾸어 기타를 다시 시작하게 되었으니 나쁘게 볼 일만은 아니었다.

마음이 공허해질 때도 있다. 잘 살고 있다가도 문득 '삶의 의미란 무엇인가'와 같은 질문을 던지며 혼자 심각해지기도 한다. 모든 게 허무하게 느껴지면 무엇이라도 남겨야 한다는 생각이 드는데 이것은 창작의 주된 원동력이 된다. 줄거리만 구상해 두고 쓰지 못한 이야기가 여러 편 있었다. 포기한 작품들 중에서 하나를 선택해 열심히 썼다. 예전부터 써야겠다고 마음먹은 소설의 첫 페이지가 그렇게 완성되었다. 하지만 생각보다 마음에 들지 않아서 또다시 중도에 포기했다. 언젠가 마음속에 슬픔이나 좌절과 같은 부정적인 감정이 휘몰아쳐서 다시 몰입할 것이 필요해지면 그때 도전하려고 느긋하게 기다리고 있다.

화성학을 배우던 시절에는 작곡에 관심이 생겼다. 하지만 작곡은 쉽지 않아서 시작도 하지 못하고 포기한 기억이 있다. 최근까지도 작곡을 배울 수 있는 곳을 기웃거렸으나, 동력이 부족해서인지 시작의 문턱을 넘지 못했다. 여유가 된다면 가장 먼저 배우고 싶은 것이 작곡이다. 배우고 싶은 분야를 한두 개쯤 남겨 두는 것은 언제든 도움이 되지 않을까. 힘든 시기가 찾아오면 그것을 동력으로 작곡을 배울 수도 있을 테니 말이다.

슬픔이든, 후회든, 불안이든 부정적인 감정을 마음속에 계속 품고 있는 것은 악취가 나는 쓰레기를 계속 껴안고 있는 것과 다르지 않다. 예전에는 이 감정의 쓰레기를 치워 내기 위해 발생 원인은 무엇인지, 어떻게 하면 생기지 않는지 해답을 찾을 때까지 아무것도 하지 않겠다는 각오로 며칠 동안 고민만 했다. 지금에 와서 돌아보면 고민하면서 감정에 매몰되어 있던 것 또한 쓰레기를 붙들고 있는 것에 지나지 않았다. 관심을 다른 것으로 채우려는 마음을 먹어야 붙들고 있던 쓰레기를 내려놓을 수 있었다.

그렇게 마음의 쓰레기를 비우기 위해 다른 곳으로 시선을 돌린다. 완전히 새로운 것도 좋지만, 잘 떠오르지 않을 땐 포기했던 영역을 둘러본다. 예전에는 잘 되지 않던 것이 시간이 흘러 곧잘 되기도 한다. 다시 도전할 때는 이전에 보이지 않던 것이 새롭게 보이는 눈도 생긴다. 그럴 때면 과거의 나보다 한층 성장한 듯해 뿌듯하다. 새로운 일을 벌일 때만큼이나 무언가를 매듭짓는 것에도 특유의 즐거움이 있다. 모든 재도전이 성공하는 것은 아니다. 예전에 포기했던 것이 여전히 잘 안 될 때도 있다. 하지만 부정적인 감정을 잊고 다른 일에 몰두하는 것만으로도 쓰레기를 비워 내겠다는 소기의 목적은 달성한 셈이니 나쁠 게 없었다.

어지러운 마음이 꼭 나쁜 영향만 주는 것은 아니다. 포기했던 것을 다시 시작할 계기가 되어 주니까. 심란한 시기에 책을 가장 많이 읽었다. 난세에 영웅이 난다고, 힘든 시기를 지나고 보면 그때 이룬 것이 가장 많았다는 사실을 깨닫는다. 친구에게 '너는 참 부지런하게 지내는구나!'라는 말을 들은 적이 있다. 당시의 나는 마음에 있는 감정을 비우기 위해 무언가에 몰두했을 뿐인데, 친구의 눈에는 열정으로 보였으리라.

한때 심리학 교수 칙센트미하이의 '몰입'이라는 개념에 관심이 많았다. 칙센트미하이는 몰입에서 행복의 근원을 찾았다. 시간 가는 줄도 모르고 무아의 경지에서 어떤 일에 몰두하는 것이 몰입의 상태이며, 사람은 몰입할 때 행복을 느낀다는 것이다. 그의 저서 《몰입 Flow》을 보면, 몰입의 조건으로 수행자의 능력과 과업의 난이도 등을 세분화하여 설명한 것을 발견할 수 있다. 이 부분을 읽고는 몰입이란 결코 쉽지 않다는 생각과 함께 나와는 결이 맞지 않는 이야기라는 생각이 들어 책을 덮었던 기억이 있다.

하지만 지금 돌이켜 보면 감정이나 생각에 매몰되는 것보다 어떤 행위에 집중하는 것이 행복으로 연결된다는 점에서 동감하게 된다. 몰입 그 자체가 주는 충만함 내지는 무언가를 열심히 했다는 뿌듯함이 행복을 불러오기도 하지만, 몰입의 가장 큰 이점은 부정적인 감정으로부터의 해방이라고 생각한다. 행복하기 위해서는 긍정적인 감정을 최대한 끌어오는 것보다 부정적인 감정을 없애는 것에 초점을 맞춰야 한다. 부정적인 감정을 없애는 방법으로 몰입만큼 효과적인 것을 아직 찾지 못했다. 집중하고 있는 사람에게는 슬픔이나 걱정이 스며들 자리가 없으니.

최근에는 문득 지나간 인연을 떠올리며 후회라는 감정에 휩싸였다. 인연이 끝난 것이 내 탓인지 상대의 탓인지 재다가, 이미 떠나 버린 시점에서의 저울질은 부질없음을 깨닫고 자리에서 일어나 그릇을 씻었다. 그릇과 잔을 다 씻고는 냄비를 솔질하는데, 깨끗해 보이던 냄비 뚜껑의 미세한 틈에서 나오는 잔여물을 보고는 경악했다. 그뿐만이 아니었다. 뚜껑의 테두리에도 정체를 알 수 없는 까만 때가 굳어 있어 수세미로 박박 문질러야 했다. 그렇게 냄비와 한참을 씨름하다 보니 지나간 인연도, 슬픔도 없이 세상에는 오직 냄비와 나 하나만 남은 것 같았다. 슬퍼하고만 있기에는 참으로 바쁜 삶이다.

나라도 내 편이 되어야지

염세적인 태도를 좋아하지 않는다. 세상과 사람을 차갑게 바라보는 태도는 결국 고립으로 이어진다. 세상으로부터 상처받지 않으려는 자세인지 모르겠으나 그것은 행복과는 다소 멀어지는 습관이다. 너무 낙관적인 태도도 좋아하지 않는다. 그렇게 지내면 세상과 사람에게 실망하기 쉽고, 배신을 당하기도 한다. 뭐든 중도를 유지하는 게 좋지만, 하나를 선택해야 한다면 그래도 낙관적으로 사는 걸 선택하고 싶다.

세상을 바라보는 나의 관점과는 무관하게 세상은 나에게 호의적이지도, 냉담하지도 않다. 무심한 것이 기본값이다. 운이 좋으면 굉장히 따뜻한 공간이 되어 주기도 하지만, 가끔은 일순간 차갑게 변할 때도 있다. 세상의 온도가 어떻든 나는 나에게만큼은 일관되게 따뜻한 온도를 유지하려고 한다. 세상에 휘둘리지 않고 자신만의 온도를 지킬 수 있는 것이 초연함일 테다. 무심한 세상에서 나라도 내 편이 되는 것. 나는 자신을 따뜻하게 대하려고 노력하는 중이다.

웹툰 《홍차 리브레》의 주인공 홍차영은 매년 달력에 무작위로 6일을 표시해 '럭키 데이'로 지정한다. 자신만의 기념일을 정해 두고 럭키 데이가 오면 먹고 싶은 케이크, 가지고 싶은 옷 등을 스스로에게 선물한다. 홍차영은 힘든 현실에서 행복을 만들어 내며 다음에 다시 찾아올 럭키 데이를 기다린다. 홍차영에게 럭키 데이는 자신을 사랑하는 하나의 방법이다.

나는 이 장면이 퍽 인상 깊었다. 럭키 데이라고 이름 붙이지 않았을 뿐이지, 기분이 좋지 않은 날 기운을 내기 위해 소소한 사치를 누리는 것은 나에게도 종종 있는 일이다. 하지만 럭키 데이의 가장 큰 장점은 다음을 기다리게 만드는 것이 아닐까. 힘든 현실에 대한 보상의 측면만 있는 것이 아니라 미래에 대한 기대까지 담고 있는 장치, 럭키 데이. 다음 럭키 데이가 언제인지 확인하며 그때까지 힘을 낼 수 있다.

나에게는 럭키 데이와 비슷한 것으로 '관대령'이 있다. 이 시기에는 스스로에게 한없이 관대해지는 것이 규칙이다. 지난겨울에 장을 보면서 딸기를 발견했다. 하지만 가격 때문에 선뜻 집어 들지 못했고, 상대적으로 저렴한 귤을 선택했다. 집에 돌아와서 귤을 까먹으니 맛이 없었다. 그날따라 유독 운이 없게도 맛없는 귤을 골랐던 걸까, 아니면 굳이 먹고 싶지 않은 과일을 먹어서 맛이 없었던 걸까. 잘은 모르겠지만 딸기 하나 마음 놓고 못 사 먹는 자신이 조금은 처연하게 느껴져서, 그날부터 딸기에만큼은 관대해지기로 했다.

그렇게 나의 딸기 관대령은 시작되었고, 그해 겨울에는 정말 원 없이 딸기를 먹어 치웠다. 일을 하면서도 냉장고에 들어 있는 딸기를 떠올리며 흐뭇해했고, 퇴근길에는 곧 딸기를 실컷 먹을 수 있다는 기대에 힘이 났다. 온종일 딸기 생각뿐이었다. 딸기 하나로도 이렇게 큰 행복을 맛볼 수 있다니!

이번 겨울에도 어김없이 딸기 철이 찾아왔다. 지난겨울 질리도록 딸기를 먹었던 경험 때문인지, 그렇게까지 딸기가 고프지 않았다. 그래도 딸기를 볼 때마다 그때의 추억이 떠올라 괜히 기분이 좋아졌다. 딸기 관대령은 나라도 내 편이 되어 주기로 결심한 최초의 사건이었다.

세상은 나에게 참고 견디는 것만을 요구해 왔다. 그래서인지 나 또한 그와 같은 잣대로 자신을 대하곤 했다. 하지만 내가 딸기를 사지 않으면 딸기는 저절로 생겨나지 않는다. 딸기를 사 주는 사람은 어디에도 없다.

'어차피 인간은 혼자다'라는 염세적인 주장을 펼치려는 것이 아니다. 그저 자신만큼 요구하는 바를 확실하게 알고 내 편이 되어 줄 수 있는 사람은 없지 않을까, 하고 생각할 뿐이다. 다른 사람에게 의지하는 것보다 나에게 의지하는 것이 가장 안전하고 효과적이다. 언제든 딸기를 풍족하게 대령했던 지난날의 나를 떠올리면, 그렇게 생각할 수밖에 없다.

바쁘게 살다 보면 시간의 흐름에 무뎌진다. 편의점 가판대 앞을 지나칠 때에서야 시간이 훌쩍 흘렀음을 느낀다. 빼빼로가 잔뜩 진열된 것을 보고 벌써 11월이 왔구나, 초콜릿이 가득 쌓인 것을 보고 2월이 되었구나, 뒤늦게 체감하는 식이다. 무슨 데이라고 이름 붙이는 것이 상술임을 알지만 그런 날에는 뻔한 마케팅에 순순히 넘어가 나에게 작은 선물을 주기도 한다. 나에게는 이런 날들이 일종의 럭키 데이로 작용하는 것이다. 사람들이 의미를 지어 놓은 날에 슬그머니 동조하는 것도 요새는 나쁘지 않은 기분이다. 이럴 때가 아니면 언제 나에게 선물을 하랴.

괜스레 의기소침해지는 날도 있다. 다른 사람과 나를 비교하며 우울해하고 있을 때 마침 친구에게 전화가 걸려 왔다. 기운이 없던 나는 친구에게 나의 장점을 알려 달라고 부탁했다. 엎드려 절받기나 다름없지만 그렇게라도 해야 힘이 날 것 같았다. 친구는 엉뚱한 부탁에도 당황한 기색 없이 흔쾌히 나의 장점을 하나씩 알려 주었다. 내가 요구한 칭찬을 듣고 혼자 좋아하는 모습이 우스웠지만, 어쨌든 우울한 기분은 떨칠 수 있었다. 가깝고 소중한 사람이 나에게 건네주는 칭찬만큼이나 강한 동기 부여는 없다. 나를 후하게 평가해 주는 친구들을 보면 그에 부응해 더 좋은 사람이 되어야겠다는 생각이 든다. 그래서 나는 가끔 주변 사람들에게 대놓고 칭찬을 부탁하기도 한다.

하지만 매번 친구에게 의존해서 힘을 얻을 수는 없기 때문에 이따금씩 스스로 장점을 찾아보기도 한다. 7분 동안 종이에 나의 장점을 최대한 많이 쓰는 것이 규칙인데 시간을 제한하는 것이 꽤나 효과가 있다. 생각을 깊게 하지 않고 제한 시간 동안 오로지 개수를 채우는 데에 집중하다 보면 평소에 의식하지 못하던 장점까지 튀어나와서, 제한 시간이 끝나고 장점 리스트를 읽는 묘미가 있다. 평소 요리를 정성 들여서 하지 않기 때문에 내가 만든 음식은 맛이 없는 편이다. 장점 리스트에는 이러한 약점이 장점으로 둔갑하여 '요리를 빠르게 만들어 냄'과 같이 적혀 있다. 식탐으로 고생하면서도 '음식을 복스럽게 먹음' 따위로 적은 것을 보면 기가 차기도 한다. 하지만 읽다 보면 어느새 고개를 끄덕이며 수긍하는 자신을 발견하는데 그게 또 우습다. 그렇게 헛짓 아닌 헛짓을 하고, 내가 썩 괜찮은 사람인 것 같다는 결론을 내리며 흡족해한다. 다른 사람이 나를 칭찬해 주는 것과는 또 다른 느낌이다. 나만 알고 있는 장점을 찾게 되면 비장의 무기라도 숨겨 둔 마냥 으쓱해진다. 이런 장점 하나를 알고 있다는 것은 타인의 무례한 한마디로 주눅이 들 법한 순간에도 '당신은 나에 대해서 다 알지 못하니까요'라고 생각하며 대수롭지 않게 넘길 수 있는 힘이 된다.

아이가 사랑을 많이 받고 자라야 함에 이의를 제기하는 사람은 드물다. 어린 시절 사랑을 많이 받아야 베풀 줄 아는 어른이 된다고들 말한다. 하지만 나이를 막론하고 사랑이 중요하다는 사실은 생각만큼 강조되지 않는 것 같다. 아이만큼은 아니더라도, 어른에게도 행복한 삶을 위해 사랑이 필요한 것은 마찬가지다. 다만 아이와 다른 점은 어른에게는 거저 사랑을 베푸는 존재가 흔하지 않다는 점이다. 어른이 되면 자기 스스로 사랑을 충족할 줄 알아야 한다. 이러한 이유로 나이가 들면 자신을 챙기는 것에 더욱 신경 써야 함에도 나는 그것의 중요성을 곧잘 잊곤 한다. 요새는 내가 물질적으로나 정서적으로 빈곤하지 않은지 늘 살피고 있다. 손님에게 대접하는 것처럼 근사하게 요리를 준비해서 저녁 만찬을 즐기기도 하고, 생필품을 살 때 평소에 가지고 싶던 것 한두 개쯤은 자신에게 선물하는 일도 종종 있다. 길거리 음식을 발견하면 기쁜 마음으로 포장해 와서 아껴 먹기도 하고, 일기를 쓰며 그날의 감정을 찬찬히 다독여 주는 일로 하루를 마무리하기도 한다.

사람은 누구나 생존을 위해 이기적인 면모를 타고난다. 그래서 얼핏 생각하면 자신을 가장 살뜰히 챙길 것 같지만, 오히려 자신을 가장 푸대접하는 경우도 아주 흔하다. 다른 사람에게 선물을 사 줄 땐 체면 때문이든, 다른 어떤 이유 때문이든 비싼 선물을 하지만 똑같은 물건을 자신을 위해 산다고 생각하면 부담이 느껴져서 선뜻 그러지 못할 때가 많다. 다른 사람에게 밥상을 차려 줄 때는 반찬 하나라도 더 꺼내 놓지만 나 혼자 밥을 먹을 땐 식은 국을 데우지도 않은 채 대충 차려 먹기도 한다. 이기적인 천성의 인간이 그토록 아끼는 자신을 왜 이렇게 푸대접하는지 곰곰이 생각해 보면, 결국 자신이 누구보다도 가장 편한 상대이기 때문이라는 결론에 도달한다. 굳이 체면을 차릴 필요도 없고, 오해도 불평도 없는 유일한 사람이기 때문에.

자신을 귀한 손님처럼 대하기는 쉽지 않다. 타인을 대할 때는 쉽게 배어 나오는 습관도 자신을 대할 때는 어색하기 짝이 없다. 자신을 사랑한다는 것은 막연하고 추상적으로만 느껴질 뿐이다. 그럴 때면 내가 누군가에게 사랑을 베풀 때 주로 하던 행동을 떠올린다. 소중한 사람에게는 맛있는 음식을 먹이고 싶고, 좋은 것들을 보여 주고 싶고, 즐거운 기분을 유지할 수 있도록 도와주고 싶다. 그들에게 해 주고 싶은 것을 나에게 똑같이 베푸는 것이 나를 사랑하는 가장 단순한 방법이었다. 자신을 사랑하는 방식은 사람마다 다를 것이다. 누군가에게는 여행을 다녀오는 것일 수도 있고, 멋있게 치장하는 것일 수도, 능력을 계발하는 것일 수도 있다. 어떤 방식이든 나라도 끊임없이 자신에게 사랑을 베푼다면 좀 더 단단한 사람이 될 수 있지 않을까.

다시 웹툰 《홍차 리브레》로 돌아와서, 또 다른 주인공인 소보리는 편하다는 이유로 자신에게 함부로 말하는 애인에게 다음과 같이 말한다. "그냥 나를 손님처럼 대해 줘. 7년 된 사이가 아니라 7초 된 사이처럼." 소중한 상대를 오히려 너무 편하게 대하는 아이러니를 잘 보여 주는 대사가 아닐까 싶다. 나는 언제쯤 평생 함께해 온 나 자신을 7초 된 사이처럼 대할 수 있을까.

조금의 자기 확신

어린 시절, 어른들이 나를 보며 '그때가 근심, 걱정 없이 가장 행복한 시절이다'라고 이야기할 때마다 의아했다. 당사자인 나는 전혀 그렇게 느끼지 않았기 때문이다. 하지만 어른의 삶을 경험해 보지 못했으니 뭐라고 말할 도리가 없었다. 그저 어른의 삶이란 얼마나 힘들기에 어린아이의 삶을 부러워하는 것인가 추측하며 통탄했을 뿐이다. 그래서인지 빨리 어른이 되고 싶다는 또래의 말에 크게 동의하지 못했다. 지금에 와서 보니 그때나 지금이나 힘든 건 매한가지라는 생각이 든다. 오히려 어렸을 때가 더 무력했기에 더 힘들었던 것 같다. 아이들의 해맑은 모습만 보고 아이들이 즐겁고 행복하기만 할 것으로 추측하는 것은 정말로 왜곡된 시각이 아닌가 싶다.

어린 시절에도 걱정과 고민을 없애기 위한 나름의 시도

를 했던 기억이 있다. 그때는 심각했을 테지만 지금은 그 시도가 귀엽게 느껴진다. 이런 것을 보면, 어른들이 왜 아이의 삶을 왜곡하여 바라보는지 이해가 간다. 아무튼 당시의 나는 걱정과 고민에 관련된 글을 찾아보며 이를 해소하기 위해 노력했다. 그때 찾았던 글 중 퍽 마음에 드는 구절이 있다.

'걱정의 40%는 절대 현실로 일어나지 않는다. 걱정의 30%는 이미 일어난 일에 대한 것이다. 걱정의 22%는 정말 사소한 고민이다. 걱정의 4%는 우리 힘으로는 어쩔 도리가 없는 일에 대한 것이다. 걱정의 4%는 우리가 바꿀 수 있는 일에 대한 것이다.' 어니 젤린스키의 말로, 그에 따르면 바꿀 수 있는 4% 이외의 걱정은 신경을 쓸 필요가 없었다. 어린 나는 그걸 직접 실험해 보고 싶었는데, 작은 상자를 준비해서 그 안에 지금의 걱정이나 고민을 적은 종이를 넣었다. 종이가 많이 쌓인 다음 확인했을 때, 글에 나온 것과 비슷한 비율로 분류될지 궁금했다. 나는 행여나 누군가가 나의 고민을 알게 되는 것이 싫어서 그 상자를 보이지 않는 곳에 숨겨 두었다. 하지만 그것이 원인이 되었는지 얼마 지나지 않아 그 고민 상자의 존재마저 잊어버리고 말았다.

어.. 어쨌든 해..결..?!

고민 상자는 사라졌지만 상자가 남긴 의미는 있었다. 그 당시 어떤 걱정을 종이에 써넣었는지 어렴풋이 기억하고 있다. 한마디로 요약하자면 인간관계에 관한 문제였다. 누구와 트러블이 있었는지는 가물가물하다. 고민 상자에 써넣을 정도로 나에게 불편함을 주었던 사람이 이제는 존재조차 흐릿하게 되었다니. 고민 상자에 넣지 않았던 어린 날의 무수한 고민들도 지금 생각하면 별반 심각하지 않다. 고민 상자의 추억을 떠올리면, 현재 걱정하고 있는 것들도 그 상자에 들어간 고민들처럼 옅어질 것이라는 확신이 든다. 내가 어떻게 할 수 없는 계기로 슬그머니 찾아온 근심은 그와 같은 방식으로 서서히 사라질 것이다.

살아온 시절을 돌아보면 나를 근심하게 만든 고민은 대부분 무언가를 잃는 것에 대한 걱정이었다. 그것은 우정이거나 돈일 때도 있었고, 평판이나 지위 같은 것일 때도 있었다. 새로운 시도를 꾀할 때도 그로 인해 잃을 것을 먼저 떠올렸다. 시도가 가져올 이점은 불확실한 반면, 현재 가지고 있는 것은 확실하다 보니 아무리 작더라도 확실한 것을 택하고자 했다. 위험을 감수하는 정신이 부족해 보일지 모르겠으나 그런 정신도 위험을 감당할 수 있는 여유가 뒷받침되어야 나올 수 있다.

과거에는 내가 처한 상황이나 내가 가진 것이 곧 나라고 생각했다. 나의 상황은 외부에 의해 언제든 달라질 수 있었다. 그래서 늘 걱정했고 불안에 떨었다. 하지만 걱정으로부터 잠시 벗어나 온전히 나를 알아 가는 시간을 보내면서, 불안을 다스리는 방법을 어렴풋이 배울 수 있었다. 나라는 사람을 표현하고 정립했던 당시의 여정은 일종의 향수와 비슷한 형태로 남아 있다. 나의 외적 가치가 아닌, 내가 무엇을 좋아하고 어떤 것을 할 수 있는지를 탐색하는 시간은 그 자체로도 참 귀중했다.

나를 알아 가는 동안 객관적인 것들로부터 탈피하여 주관적인 것들에 집중했다. 이를테면 취향이나, 신념, 주관, 생각, 추억과 같은 것들. 이들 또한 시간이 지나면 달라지거나 바뀌겠지만, 적어도 내 안에서 만들어진 것이기에 얼마든지 다시 만들어 낼 수 있다. 만드는 과정에서 얻는 재미도 있었으며, 무엇보다 이런 주관적인 것들은 잃어버릴까 걱정할 필요가 없었다. 객관적인 상황에서 나는 늘 못나고 부족하게만 느껴졌는데, 생각보다 나에게 긍정적인 부분이 많음을 알게 되었다. 하루를 충만하게 보내는 능력, 혼자의 시간을 풍성하게 즐기는 자세, 자신의 주관을 정립하는 확신, 친구와 편안하게 소통하는 모습…. 이런 모든 것이 돈과 같은 객관적인 지표로 환산되지는 않겠지만 나에게는 분명 가치가 있었다.

모든 것을 잃는다고 해도 나 자신은 잃지 않을 수 있다. 아무리 좋은 상황에 놓여도 내가 바로 서지 않았을 때는 늘 불안했다. 반대로 안 좋은 상황이어도 내가 바로 서 있을 땐 크게 영향을 받지 않았다. 이제는 고민 상자나 타인에 의존하지 않아도 바로 설 수 있다. 나는 내가 가진 좋은 점을, 그리고 어떤 상황에서도 다시 일어설 수 있음을 믿는다. 나는 스스로 쌓아 온 자신이 점점 마음에 든다.

연연하지 않는 기쁨

소원은 이미 이루어졌다

어느 날 무라카미 하루키의 단편 소설 《버스데이 걸》을 읽고 생각에 잠겼다. 이야기는 스무 살 생일을 맞은, 서빙 아르바이트를 하는 여자 주인공으로부터 시작된다. 그녀는 우연히 자신이 일하는 레스토랑 사장과 마주친다. 신비한 느낌을 풍기는 노인으로 묘사되는 사장. 두 사람 사이에 짧은 대화가 오가고, 오늘이 그녀의 스무 살 생일임을 알게 된 노인은 소원을 들어주겠다고 한다. 이야기는 여성이 빌었던 소원이 무엇인지 궁금증을 유발하는 전개가 특히나 인상적이다.

책을 덮으니, 내가 주인공이었다면 과연 노인에게 어떤 소원을 빌었을지 생각하게 된다. 영험해 보이는 이가 나에게 대뜸 생일 선물로 소원을 들어주겠다고 말한다면 어떤 소원을 비는 게 좋을까. 비현실적으로 생각하면 무수히 많은 소원이 떠오르지만, 현실적으로 생각하면 오히려 훨씬 답하기 어렵다. 아무리 상대가 신묘해 보여도 불가능한 소원을 들어줄 수는 없을 테니까, 적당히 실현 가능한 쪽으로 머리를 굴린다.

가장 이상적인 소원은 무엇일까? 그 질문에 답하려면 내가 어떤 삶을 가장 이상적으로 여기는지를 생각해 보아야 할 것이다. 바로 떠오르는 것은 돈이 엄청나게 많아서 은행 이자만으로도 생계유지가 가능한 삶이다. 소설 속 노인은 호텔 사장으로 돈이 많을 테니, 나에게 조금만 물려줘도 그 액수가 상당하지 않을까. 그렇게 된다면 세계 곳곳을 여행하고, 맛있는 음식을 먹으면서 행복하게 지낼 것이다. 그런데 곰곰이 생각해 보니, 무작정 소비만 하는 생활이 행복으로 이어질 것 같지 않았다. 시간이 지날수록 내 존재의 의미를 느낄 수 있는 일을 찾지 않을까. 결국 가장 이상적인 삶이란 자기가 하고 싶은 일을 하는 삶일 것이다. 진정으로 하고 싶은 일을 헤아려 보았다. 역시 가장 원하는 일은 창작이다. 좋은 글을 쓰는 것과 아름다운 그림을 그리는 것. 지금도 충분히 실행하고 있는 일이었다. 나는 이미 이상적인 삶을 누리고 있었다.

조금 더 욕심을 낸다면, 창작에만 집중할 수 있도록 직장을 그만두면 좋지 않을까? 호텔 사장에게 건물 한 채만 달라고 소원을 빌면, 불로 소득으로 생활할 수 있을 것이다. 하지만 막상 직장을 그만둔다고 생각하니, 직장 생활의 장점이 하나둘씩 떠올랐다. 출퇴근을 하면서 규칙적인 생활을 할 수 있었고, 여러 사람들의 다양한 생각을 들으면서 발전할 수 있었다. 무엇보다 함께했던 직장 동료가 인연이 되어 지금까지도 친구로 남은 게 가장 좋았다. 또, 어딘가에 소속되어 있을 때 느껴지는 안정감도 큰 장점이었다. 어떤 카테고리 안에 있다는 것만으로도 다른 사람과의 공통된 관심사를 수월하게 찾을 수 있었고, 타지 생활에서 오는 외로움도 이겨 낼 수 있었다. 생각하다 보니 직장 생활이 꼭 나쁜 것만은 아니었다.

그렇다면 분야를 떠나 출중한 재능을 가지게 된다면 삶이 행복하지 않을까? 확실히 압도적인 재능이 있다면 생계도 저절로 해결되고, 보람도 느낄 수 있을 것이다. 역사에 한 획을 긋거나 큰 업적을 남기는 것도 의미 있을 것 같았다. 하지만 한편으로는 지금의 안온한 삶과 여가를 잃고 싶지 않다는 마음이 스멀스멀 올라온다.

그럼 다른 소원을 빌자. 얼굴을 바꿔 버릴까. 눈을 감고 상상해 보았다. 누가 봐도 한눈에 반할 만큼 뛰어난 외모로 변신한 나를. 잠깐이지만 머릿속으로 상상하는 것만으로도 전혀 다른 삶을 사는 재미가 있었다. 하지만 조금 더 생각해 보니 시샘을 받거나 귀찮은 일에 휘말리는 광경이 떠올랐다. 지나갈 때마다 사람들이 흘긋 쳐다보거나, 어딜 가든 쉽게 이목을 끄는 것도 부담스러울 것 같았다. 그렇다면 사람들과 적당히 거리를 두며 조용히 숨어서 살아야지. 하지만 무엇보다 가장 스트레스가 되는 것은 늙어 가는 자신의 얼굴을 보는 일일 것이다. 행여나 팔자 주름 하나라도 생기면 얼마나 안타까울까. 그냥 지금처럼 적당한 외모로 사는 것도 나쁘지 않을 것 같았다.

그럴듯해 보이는 소원도 깊게 생각하면 결국 원점으로 돌아왔다. 호텔 사장에게 도대체 무슨 소원을 빌어야 만족스러울 것인가에 대한 답은 미궁에 빠졌다. 하지만 한 가지 깨달은 게 있다. 지금의 상태도 썩 싫지 않다는 것. 생각이 꼬리에 꼬리를 물면, 모든 소원은 굳이 필요가 없었다.

과거에 빌었던 소원을 지금 다시 생각해 보면 허무맹랑한 것들이 많다. 어린 시절의 소원이 아직도 생생하게 떠오른다. 보름달을 보면서 소원을 빌면 이루어진다는 말에, 틈만 나면 두 손을 모아 달에게 소원을 빌었다. 당시의 소원은 황당하게도 가족들이 한날한시에 죽었으면 좋겠다는 내용이었다. 누군가가 떠나면 남은 가족이 너무 슬플 것이라는 생각에, 차라리 동시에 죽는 것이 아름다울 것이라고 믿었다. 이상하기 짝이 없는 소원이었지만 열심히 빌었고, 다행히도 소원은 이루어지지 않았다. 과거에 이루어지길 소망했던 소원들 중 대부분은 지금 전혀 소망하지 않는 것이다. 어떤 언어에 원어민처럼 능통했으면 좋겠다거나, 프로그래밍 실력이 굉장히 뛰어났으면 하는 소원을 빌곤 했다. 하지만 지금은 별로 구미가 당기지 않는다. 현재 내가 바라는 것도 미래의 시점에서는 허무맹랑하게 느껴질 것을 생각하면 소원의 무게가 참으로 가벼운 게 아닌가 싶다.

그래도 소원을 상정하는 것은 꽤나 재밌는 상상 거리다. 신묘한 노인과 마주칠 일은 없겠지만, 갑작스럽게 밤하늘에 떨어지는 별똥별을 발견하는 건 충분히 있을 법한 일이니까. 그때를 대비해서 하나쯤은 미리 생각해 두는 것도 나쁘지 않은 것 같다. 실현 가능하다면, 어떤 소원을 비는 것이 가장 합리적일까? 어떤 시점에서도 후회하지 않을 소원이란 게 있을까? 결국 아무 소원도 바라지 않게 되는 것이 가장 좋은 소원이 아닐까 생각해 본다.

전생에 나는 부자에다 절세미인이었는데, 그로 인해 산전수전을 다 겪고 무언가 깨달은 바가 있었던 게 아닐까. 그래서 새롭게 태어나도록 소원을 빈 것이 지금의 나라는, 엉뚱한 상상을 한다. 아주 사치스러운 생활로 방탕의 길에 접어든 경험이 있기에 다음 생에는 제발 소박한 성격으로 태어나게 해 달라고 빈 것이고, 원체 미인이어서 박명했기 때문에 다음 생의 외모는 그저 평범하게, 사람들 눈에 띄어 화를 입지 않도록 성질은 되도록 조용하고 차분하게, 출중한 능력으로 적의 공격을 받아 고생하지 않게 적당히 무능하도록, 뭐 그런 식으로 말이다. 전생에서 어떻게 태어나는 것이 좋을지 아주 고심한 결과 미적지근한 내가 탄생한 게 아닐까. 유구한 역사 동안 이어져 물려받은 나의 DNA도 나름대로 가장 합리적인 선택을 거쳐 진화를 거듭해 왔을 테니 지금이 최선이라고 믿으며 살아가는 수밖에 없다.

생각해 보면 지금까지 얼마나 많은 소원을 이루었던가. 나는 부모님의 소원도 이루어 드렸다. 부모님은 내가 태어날 때 건강하게 태어나는 것만 바랐다고 하신다. 첫울음을 터뜨린 순간 손가락 열 개, 발가락 열 개가 모두 있는 것을 보며 안도하셨다고. 그 외에도 크고 작은 소원이 있었는데, 시간이 지나면서 대부분 이루어졌다.

학교생활이 힘들 때는 빨리 졸업하기를 바랐는데 어느덧 졸업이 까마득해졌다. 피부가 볼썽없이 변해 버렸을 땐, 그저 피부만 예전처럼 돌아오면 좋겠다고 생각했다. 무슨 수를 써도 낫지 않았는데 지금은 괜찮아졌다. 힘든 프로젝트에 합류했을 때는 이것만 끝나면 좋겠다고 생각했는데, 지나고 보니 그때만큼 열심히 지낸 적이 없는 것 같아 그립기까지 하다. 개수로만 따지면 정말 무수히 많은 소원을 이루었다. 정작 지나고 나서 잊어버렸을 뿐이다.

요즘은 '그저 지금만 같았으면' 하고 생각한다. 어떻게 보면 가장 허황된 소원 같기도 하다. 상황은 늘 변하고 미래는 현재와 분명 달라질 것이기 때문이다. 지금 누리고 있는 것이 영원할 리가 없다. 하지만 반대로 생각하면 가장 이루기 쉬운 소원이기도 하다. 무언가를 더하지 않아도, 지금 그 자체로도 이룬 셈이나 다름없으니까. 바라자면 끝이 없다. 더 박식한 사람이 되었으면, 늘 건강했으면, 돈이 더 많았으면, 항상 행복했으면…. 하지만 세상의 모든 이치를 알 수는 없고, 건강하더라도 노쇠하기 마련이며, 돈은 있다가도 없고, 때론 힘든 일도 생긴다. 적당히 만족하며 살자고 생각한다. 그저 소화가 잘될 때 맛있는 음식을 먹고, 건강할 때 소중한 사람을 만나고, 다리가 움직일 때 바람도 쐬고, 여유가 있을 때 실컷 뒹굴고, 또 적당히 일을 하면서 활기를 얻고. 그게 내 소원의 전부다. 나는 그렇게 매일 소원을 이루고 있다.

나의 좋았음 일기

한창 행복에 관심이 많았을 때 감사 일기를 쓰는 것이 행복을 느끼는 데 도움이 된다는 이야기를 듣고 시도해 보았다. 오늘 나를 도와준 누군가에 대한 고마움, 열심히 일해서 사회에 기여하는 여러 사람들에 대한 감사함, 평온한 일상에 대한 감사함 등을 주로 적었다. 하지만 일기를 늘 '감사했다'라는 문장으로 끝내자니 영 어색했다. 감사한 대상이 불분명한 날도 있었다. 예컨대 맛있는 음식을 먹어서 감사했다거나 운동을 열심히 해서 뿌듯한 점이 감사했다고 적기엔 무언가 어색한 느낌을 지울 수 없었다. 이런 경우엔 도대체 누구에게 감사를 표현해야 하는 걸까? 맛을 느낄 수 있는 나의 입에게 감사해야 하는 건지, 운동을 열심히 한 나의 근육과 관절에게 감사해야 하는 건지 알 수 없었다.

궁극적으로는 신의 문제에 도달했다. 감사 일기는 어떤

면에서 종교적인 색채를 띠는 것 같다. 한때는 신의 존재에 관해 답을 찾고 싶어 종교에 심취하기도 했지만, 끝내 '알 수 없는 것에 관하여 계속 생각하는 것은 무의미하다'라는 결론에 이르렀다. 그 후로는 신의 존재를 크게 신경 쓰지 않았다. 나는 무신론자로 여겨질 수도 있겠지만, 정확하게는 불가지론자에 가깝다. 어쨌든 매일 쓰는 일기에 지나치게 종교적으로, 혹은 너무 심오한 방향으로 접근하고 싶지 않았다. 그래서 '좋았음 일기'를 만들었다.

좋았음 일기는 간단하다. 감사 일기가 감사한 점에 대해 적는 것이라면, 좋았음 일기는 그저 '무엇 때문에 좋았음'으로 마무리하는 일기다. 하루 동안 좋은 일이 생겼을 수도 있고, 좋은 감정이 들었을 수도 있다. 좋았음 일기에 그런 이야기들을 적었다. 마음에 드는 노래를 발견하면 이 가수와 동시대에 살고 있어서 참 좋았다거나, 바쁜 와중에도 책 읽을 시간을 잠깐 낼 수 있어서 좋았다거나, 심지어 어느 날은 '좋았음 일기를 적는 것이 좋았음'으로 일기를 끝낸 날도 있다. 참으로 다양한 좋음이 존재했다. 매일의 좋았음을 기록하는 것이 어려울 만큼 바쁜 날에는 자리에 누운 상태로 오늘의 좋았던 점을 한 가지만 떠올리고 잠에 들기도 했다.

밥을 세끼 다 맛있게 먹은 게 좋
았음. 날씨가 맑아서 좋았음. 새
로 시도한 요리가 성공해서
좋았음. 괜찮은 음악 발
견했음. 먹을 게
집에 많아서 좋았음.
아 그냥 다 좋았음. 좋고 재밌고 끝.

좋았음 일기라고 해서 늘 좋았던 것만 기록하는 것은 아니다. 하루를 글로 기록하다 보면 부정적인 사건이나 감정을 써 내려갈 때가 더 많다. 아무래도 긍정적인 것은 쉽게 휘발되고, 부정적인 것은 뇌리에 강렬하게 꽂히기 때문일 테다. 나의 내향적인 성격을 근심할 때도 있고, 생존에 대한 걱정이나 그날의 시시콜콜한 불안감을 적기도 한다. 하지만 어떻게든 좋았다는 종결 어미를 쓰는 것이 규칙으로 자리 잡은지라 나쁘지 않은 결론을 내리며 끝맺음을 한다.

신경 쓰였던 것, 억울했던 것을 하소연하듯 쏟아 내려고 컴퓨터 앞에 앉았음에도 늘 가벼운 마음으로 자리를 털고 일어났다. 그렇게 좋은 하루를 보냈던 것도 아닌데, '좋았음'으로 마무리를 지으면 좋은 하루로 포장이 되었다. 일기에도 서사가 있다면, 좋았음 일기는 결말이 무조건 해피 엔딩으로 끝나는 이야기리라. 인생의 끝이 죽음이라면, 하루의 끝은 잠이다. 아침에 눈을 떠서 잠들기까지 하루의 서사가 완성되는 것이다. 나는 단 하루도 새드 엔딩으로 만들고 싶지 않다. 그래서 좋았음 일기를 계속 쓰는 것인지도 모르겠다. 잠들기 직전에라도 '오늘 하루도 좋았다'라고 결론 내리면서 마무리를 하면 마음이 한결 편안해진다.

지금까지 썼던 좋았음 일기를 쭉 돌아보면 이런 시시한 일에 기쁨을 느꼈던가 싶을 정도로 사소한 이야기가 잔뜩 적혀 있다. 새벽에 일찍 눈이 떠져서 차가운 공기를 마신 것, 글이 유난히 잘 써진 것, 식습관을 잘 지킨 것, 허리 스트레칭을 했는데 엄청 시원해서 좋았다는 이야기까지. 가장 기억에 남으면서도 시시한 좋았음 일기는 노을이 예뻤던 하루의 기록이다. 때는 저녁 요리를 하려고 환기를 할 무렵이었다. 내가 살던 원룸의 창문은 활짝 열어젖혀도 고개만 내밀 수 있을 만큼 크기가 작았다. 낡고 먼지 쌓인 창문을 여는데, 분홍빛에 망고색이 섞인 노을이 너무 아름다워서 평소 좀체 찍지 않는 사진을 남기겠다고 핸드폰을 들었다.

여러 장의 사진을 찍다 보니 나도 모르게 우연히 10초 정도의 동영상도 촬영했는데, 순간의 실수가 오히려 걸작을 만들었다. 영상에는 노을뿐만 아니라 바람 소리까지 담겨서 운치를 더했다. 그날의 노을 풍경이 아름다웠던 것에는 바람 소리도 일조를 했는데, 영상을 촬영하고서야 그것을 알아챈 것이다. '오늘의 좋았음 일기에는 이것이 쓰이겠구나' 그 순간이 참 소중하게 느껴졌다.

지난 세월을 돌아보면 정신적으로 힘든 상황일수록 소박함이 빛을 발했다. 취업하기 위해 시험을 준비할 때는 소박함이 극에 달해 금욕적인 생활을 했다. 여행은커녕 마음먹고 외출하는 것도 힘들어 가까운 곳에서 하늘 사진을 찍는 것으로 만족했다. 구름 모양이 마음에 든 날 좋은 사진을 건지는 것이 유일한 낙이었다. 매일 똑같은 풍경 속에서 지내면서도 매일 다른 구름과 하늘을 감상할 수 있는 것이 의외로 기쁨을 준다는 사실을 알게 되었다. 골방에 틀어박혀 있으면 찍을 만한 대상이 없으니, 채광에 따라 미묘하게 달라지는 방의 분위기를 피사체 삼아 촬영하기도 했다. 그때 찍은 사진을 보면 짠한 느낌이 들지만, 한편으론 그때 찍은 사진만큼 잘 나온 것을 찾기가 힘들다는 것이 아이러니하다. 아름다운 풍경에서 찍은 사진보다 골방에서 찍은 사진이 백배는 더 멋지게 느껴진다. 내가 소박함을 예찬하는 이유는 한 줌의 소박함 없이 극한의 상황에서 초연함을 얻기 힘들어서일지도 모르겠다. 소박해지지 않고서는 어찌할 도리가 없으니까. 금욕적 소박함은 현재를 긍정할 힘의 원천, 초연함의 초석이 되어 주었다. 좋든 싫든, 소박함은 나의 생존 방식으로 자리 잡았다.

좋았음 일기는 나에게 있어 소박함의 정수다. 소박함은 안정성에 기여한다. 큰 기쁨을 가져다준 일은 시간이 지나며 나에게서 멀어져 갈 때 큰 슬픔을 주었고, 행복만큼이나 커다란 감정 기복을 낳았다. 거창함은 불확실하다. 과학 용어 '역치'에 빗대자면, 거창함이 행복의 원천이 되어 버리면 역치가 높아져서 작은 행복을 감지하지 못한다. 소박함을 기준으로 잡으면 행복을 여러 번 경험할 수 있다. 역치가 낮아지는 만큼 행복의 안정성은 높아지는 것이다.

경제가 한창 성장하는 시기에는 거창함에 대한 추구가 행복의 원천이 되어 준 게 아닐까 싶다. 과거에는 노력한 만큼 성공할 수 있다는 꿈이 있었고, 그것이 허황되게 느껴지지 않았다. 하지만 저성장 국면에 들어서면서 거창한 성공을 이루기가 힘들어졌다. 근로 소득만으로는 부의 창출이 어려운 세상에서 금융 지식은 필수 상식이 되어 가고 있다. 이 흐름에 발맞추어야 하지만, 그럴수록 소박함의 미덕이 점차 잊혀지는 것 같아 안타깝다. 특히나 상대적 박탈감이 증폭될 것이 가장 우려스럽다.

국가 경제뿐만 아니라 인생을 놓고 봤을 때도 저성장 시기는 분명 존재한다. 청장년 시절에는 고성장을 누리다가 중년에는 저성장을 거친다. 노년기에는 마이너스 성장만 아니라면 다행이다. 인생에서 성공을 거두는 것은 불확실하지만 저성장을 맞이할 수밖에 없다는 것은 비교적 확실하다. 누구나 부푼 꿈만을 품고 살아갈 수는 없으며, 언젠가는 소박함을 위안 삼아 살아야 한다.

경기는 불황이라고 하는데 몇 달 만에 집값 시세 차익으로 몇 억을 벌었다는 이야기를 들으면 남의 나라 소식인가 싶을 정도다. 상대적 박탈감을 해소하는 확실한 방법은 사회 참여를 통해 제도를 바꾸는 것이겠지만, 당장의 괴로움은 역시나 유일함으로 승부를 보는 것밖에 없다. 다른 사람의 삶과 비교하지 않을, 내 삶의 유일한 무언가. 거창한 것을 내세울 수 없는 사람은 소박함에서 유일함을 찾아야 한다. 그래서 나는 내 삶의 섬세한 감탄과 미묘한 유일성에 집착하는 것이리라. 돈이나 명예, 지위 같은 것이 규정할 수 없는, 나만의 경험에서 나오는 행복, 아무도 눈치채지 못한 분홍빛에 망고색이 섞인 노을 같은 것들 말이다.

소박함이 거창한 성공에 대한 체념인지, 아니면 적응인지는 알 수 없다. 누군가는 여전히 소박함을 인민의 아편이니, 노예근성이니, 정신 승리의 일종일 뿐이라고 외칠 것이다. 그것에 대해 긍정하는 것은 아니지만, 열렬히 부정하고 싶은 마음도 아니다. 다만 나는 내 삶의 진실된 부분이 작은 것에 깃들어 있음을 부인하고 싶지 않다. 친구와 함께 먹었던 점심 식사나 오후의 낮잠, 흥얼거리는 콧노래 같은 것들. 훗날 나의 좋았음 일기를 들여다볼 때, 아주 운 좋게도 거창한 행복이 기록된 몇 쪽의 페이지와 소박한 행복이 기록된 페이지를 놓고 다시 읽는다면 어떤 감정이 피어오를까. 과연 거창한 행복이 소박함을 압도한다고 생각할까. 아니면 평소의 믿음대로 소박함이 더 좋다고 생각할까. 어쨌든 골치 아프지 않게, 그저 제 분수에 맞게 사는 게 제일 편하다고 생각한다. 나는 여전히 나의 소박함을 사랑한다. 좋았음 일기는 내 소박함의 기록이 집약된 산물이다.

좋았음 일기를 쓰면서 순간의 행복에 예민해졌다. 오늘도 나의 좋았음 일기에는 시시콜콜한 이야기가 잔뜩 적힐 것이다. 시시함에 대한 예찬이라고 할까. 나는 그런 시시함으로 살아가고 있다.

난 최선을 다했으니 넌 떠나도 괜찮아

인간의 이기심과 이타성에 관심이 많다. 세상을 살다 보면 악인이 부귀와 호사를 누리면서 사는 경우도 종종 있고, 정의가 구현되어 몰락하는 경우도 있다. 착한 사람의 삶의 모습도 다양하다. 선한 영향력을 행사하며 승승장구하는 경우도 있지만, 착하게 살았음에도 형편이 어려운 경우도 있다. 인간은 어찌 되었든 이기적이거나 이타적인 태도 사이에서 적절한 지점을 선택해 살아가기 마련이고, 그에 따른 결과는 천차만별이다.

그런 생각을 하다 보면 좋은 쪽으로든 나쁜 쪽으로든 나의 행동 방식이 세상을 살기에 적합한 것인지 되돌아보게 된다. 그러던 중 '신뢰의 진화'라는 게임을 알게 되었다. 이 게임은 제작자 니키 케이스가 로버트 액설로드의 책 《협력의 진화》를 참고해 만든 것으로, 사실 게임보단 이론적 내용을 바탕으로 한 시뮬레이션 프로그램에 가깝다. 승패가 뚜렷하게 나누어지지도 않고, 스릴이 있지도 않아서 지루하다는 평을 듣기도 하는데, 오히려 이런 특색이 새로운 매력을 준다. 게임은 남을 신뢰하는 것과 배신하는 것 중 어떤 행동이 합리적인가에 대한 시사점을 던진다.

룰은 간단하다. 게임에서는 두 플레이어가 협동할 수 있는 상황을 가정한다. 기계 안에 동전 한 개를 넣거나, 넣지 않는 두 가지 선택만 할 수 있다. 두 플레이어 모두 기계에 동전을 한 개씩 넣으면 협력한 결과로 각자 동전을 세 개씩 받을 수 있다. 협력의 이익은 동전 두 개인 셈이다. 하지만 협력이 깨진 상황, 즉 한쪽은 동전을 넣었지만 다른 한쪽은 넣지 않는 경우에는 배신한 쪽만 동전 세 개를 취할 수 있다. 배신자의 이익은 동전 세 개이며, 배신을 당한 쪽은 넣은 동전 한 개만큼의 손해를 본다. 서로 배신을 하면 둘 다 동전을 잃지도, 얻지도 않는다.

게임에는 흥미로운 캐릭터가 등장한다. 늘 배신만 선택하는 '항상 배신자', 어떤 상황에서든 협력을 선택하는 '항상 협력자', 그리고 처음에는 협력으로 시작하지만 그 이후부터는 상대의 선택을 그대로 따라 하는 '따라쟁이', 협력하는 이에게는 협력하지만 한 번 배신을 한 상대에게는 끝까지 배신하는 '원한을 가진 자', 선택에 일관성이 없는 '무작위' 등. 잘 살펴보면 주변에서 한 명쯤은 떠올릴 수 있는 현실감 있는 캐릭터 구성이 돋보인다. 구성원의 수를 조절하면서 시뮬레이션을 돌리면 최후의 승자도 확인할 수 있다. 항상 배신자에 의해 항상 협력자가 착취당해 빠르게 몰락하는 상황이 펼쳐지기도 하고, 따라쟁이에 의해서 항상 배신자가 처단되는 광경도 볼 수 있다. 그 외에도 게임은 플레이어 간의 상호 작용 횟수나 실수의 가능성이라는 변수를 첨가하여 시뮬레이션을 돌려 볼 수도 있게 설정해 두었다. 변수가 달라지면 구성원이 동일한 상황에서도 전혀 다른 결과가 나오기도 한다. 관심이 있다면 직접 플레이해 보는 것을 추천한다.

게임은 신뢰가 형성되는 방식에 대한 통찰을 제공하지만, 이타적으로 행동하는 것이 좋다거나 혹은 배신이 낫다거나 하는 결론을 내려 주지는 않는다. 그저 구성원의 수, 실수의 가능성, 상호 작용 횟수와 같은 환경이 우리의 행동에 영향을 주고, 반대로 우리의 행동이 환경 조성에 영향을 줄 수 있음을 시사하며 마무리될 뿐이다.

그렇게 게임의 엔딩을 보았을 때 아쉬움을 지울 수 없었다. 어쩌면 나는 이 게임에 '어떻게 대인관계를 맺어야 하는가?'에 대한 분명한 답을 얻을 수 있다는 기대감으로 임했던 것인지도 모르겠다. 하지만 시뮬레이션을 돌려 보니 예측은 빈번하게 어긋났고, 혼란만 늘어났다. 구성원에서 원한을 가진 자를 대폭 늘리면 항상 배신자가 전멸할 줄 알았는데 그렇지 않았다거나 하는 식이다. 게임을 통해서 일관성 있는 결론을 내리기가 어려웠다.

그것은 게임을 하는 사람이 해석하기 나름일 것이다. 이타적인 세상을 꿈꾸는 사람이 시뮬레이션을 돌렸을 때 항상 배신자가 활개 치는 결과를 보며 허탈함을 느낄 수도 있고, 또 이기적으로 사는 사람이 시뮬레이션을 통해 항상 배신자의 몰락 과정을 보며 반성할 수도 있다. 어쨌든 현실에는 더욱 많은 변수가 있다는 것을 감안하면, 게임에서 해답을 얻기란 거의 불가능에 가까울 것이다. 결국 게임에서 어떠한 답도 얻지 못했고, 그에 나는 다소간 실망감을 느꼈다. 어쩌면 좋든 싫든 '현실은 이기적이어야 살아남는다'라거나 '이타적인 것이 더 큰 이익을 준다' 등 명쾌한 답을 얻고 싶었던 것인지도 모르겠다. 게임이 나의 혼란스러움을 해결해 준 것은 아니지만, 그래도 오랜만에 정말 의미 있는 게임을 발견해서 좋았다. 이 같은 게임이 더 많이 개발되기를 희망하면서 게임을 마쳤다.

합리적인 행동에 대한 관심은 유년 시절의 경험으로부터 비롯되었다. 특히나 어릴 때는 장기적으로 바라보는 안목이 부족하기에 만인의, 만인에 대한 투쟁 상태로 흘러가기가 한없이 쉬웠다. 아이들의 세계에서는 쉽게 싸움이 일어난다. 힘이 없거나 약지 않은 아이일수록 어른의 중재가 없으면 손해를 본다. 아무리 권선징악을 말하는 동화가 판을 쳐도, 현실의 악이 늘 응징당하는 것도 아니었다. 오히려 적당한 악함으로 이득을 보거나, 선함이 독이 되는 경우를 마주해야 했다.

비단 아이들의 세계뿐만 아니라 어른들의 세계에도 다양한 악함이 존재했다. 비리, 권력에 의한 억압, 국가 간의 이권 다툼, 전쟁… 어른의 악함은 어린아이의 그것과는 다른 방식으로 진행되었고, 어찌 보면 피해의 범위는 더 넓었다. 어떤 사람은 선악에 대해 종교적인 시각에서 해석하기도 한다. 선을 쌓으면 내세에는 천국에 간다든지, 악을 행하면 과보가 따른다든지 하는 접근 말이다. 신이나 내세의 유무는 차치하더라도, 현실에서 이미 발생한 피해를 두고 악행을 응징한다거나 나중에 보상을 한다는 말로 위로하기에는, 그 피해가 바로 복구되지 않는다는 점에서 자조적인 시각을 거둘 수 없다.

이기적으로 행동하는 이들로 인해 속상한 일이 벌어지면, 약지 못한 나를 자책하는 일이 잦았다. 토로할 곳은 부모님뿐이라 쪼르르 가서 그 사실을 하소연하면, 부모님께서는 젊은 시절 자신도 자기 것을 챙기지 못하고 남 좋은 일만 했던 경험, 힘든 사람을 도와준답시고 고생했던 일, 이런저런 사는 이야기를 들려주셨다. 그리고 조부모님께서도 그러하셨다는 등 이야기의 끝은 선대로까지 거슬러 올라갔다. 대물림 같은 상황을 보고 한스러운 한편 묘한 위안을 느꼈다.

부모님은 내가 인간관계로 상처받아 속상해할 때마다 이 말을 덧붙이며 위로해 주셨다. 다른 건 몰라도 친구 사이에서는 약간 손해를 보듯 사는 것이 멀리 보았을 때 더 낫다는 이야기였다. 마음속에 피해의식과 억하심정이 자리 잡고 있었는지 부모님의 말씀이 선뜻 이해되지 않았다. 마치 '신뢰의 진화' 게임 속 '항상 협력자'가 되라는 말처럼 들렸다. 배신자의 세력이 남아 있다면 가장 빠른 속도로 몰락하는 것이 항상 협력자의 처지였다. 전체 구성원 중 따라쟁이 캐릭터가 많다면 항상 협력자가 생존할 수도 있겠지만, 그렇지 않은 경우에는 제일 먼저 사라지는 캐릭터였다. 항상 협력자는 쉽게 살아남기가 힘든 캐릭터 같았다.

인간관계는 영원하지도 않고 붙잡을 수도 없다. 내가 누군가를 떠나갈 때도 있었고, 누군가가 나를 떠나갈 때도 있었다. 어릴 땐 관계에 대한 환상이 있었기에 하나의 관계가 소멸할 때마다 큰 충격을 받았지만, 지금은 모든 관계를 붙잡는 것이 오히려 비현실적임을 깨닫고 관계의 생성과 소멸을 자연스럽게 받아들이고 있다.

하지만 그럼에도 구차해졌던 경험이 존재한다. 나에게 잘해 준 사람을 함부로 대했던 경험은 나를 후회라는 늪에 빠뜨렸다. 모든 것을 받아 줄 것이라 생각해 마냥 편하게 대했던 것이 원인이 되었다. 처음에는 소중한 사람이 가고 없다는 생각에 후회를 했다. 떠나는 시점까지도 나만 생각했던 것이다. 하지만 나를 떠나는 것이 상대가 더 행복해지는 길이라는 것을 수긍한 시점부터 미련은 순식간에 사라졌다. 그렇다고 해서 후회까지 사라진 건 아니었다. 떠나가는 것이야 받아들일 수 있어도, 이왕이면 조금 더 좋은 모습으로 끝맺을걸. 그런 생각이 두고두고 나를 괴롭혔다. 아마 다시는 씻어 내지 못할 것이다. 나는 그때 난생처음으로 구질구질해져 보았다.

최근에도 비슷한 일이 있었다. 내가 너무 편하게만 생각한 나머지 친구를 소중하게 대하지 못한 일이었다. 그런 일은 상대가 돌아서야 아차 싶은 마음이 든다. 한번 후회에 덴 경험이 있는지라 심장이 덜컥 내려앉는 기분이었다. 또다시 내 마음에 후회라는 자국을 남기겠구나. 이 일로 또 얼마나 많은 후회를 토해 내야 괜찮아질 수 있을까. 벌은 누가 따로 주는 게 아니라는 생각이 들었다. 그로부터 몇 주가 지난 후, 의외의 일이 일어났다. 나를 떠나갈 것 같이 행동하던 친구가 나를 용서했는지, 다시 슬그머니 내 곁에 온 것이다. 나에게 이런 기회가 오다니! 후회를 씻을 수 있는 절호의 기회를 결코 놓치지 않기로 했다. 다시 온 친구에게 더 많은 호의와 친절을 베풀며 최선을 다했다. 그날 밤 누워 생각했다. 오늘은 참 행복한 날이었다고. 그리고 이젠 누군가에게 절대 마음의 빚을 지지 말자고.

　반대의 경험도 있다. 나는 늘 좋은 대접을 했는데 상대방은 나를 함부로 대하는 경우였다. 어느 날은 유독 마음 상하는 일이 있었다. 별것 아닌 일로 나에게 짜증을 내는 상대를 보며 머릿속을 스치는 생각은 '내가 이런 대접을 받아 가며 관계를 지속해야 하는가?'였다. 혹시나 이 관계가 끝날 경우 나에게 남을 일말의 후회는 없을까. 지금까지의 관계를 곱씹어 보았다. 아무리 돌아보아도 이 관계에서 내가 했던 말과 행동, 태도에 일말의 후회는 없었다. 나는 내가 가진 가장 좋은 것을 주었다. 다정한 사람이 되니 강해질 수 있었다. 생각이 거기까지 미치자 당당하게 사과를 요구했다. 관계가 끝나는 것에 대한 마음의 준비도 했다. 으레 관계의 소멸에는 약간의 아쉬움이 따르지만 그날은 아무렇지도 않았다. 나는 최선을 다했으니 너는 떠나가도 괜찮다고, 속으로 덤덤하게 되뇌며 편히 잠에 들었다.

　부모님이 나에게 이타적인 태도를 지니라고 말씀하신 이유를 알 것 같았다. 평소에 더 베풀고, 바르게 행동하는 것만이 초연함을 가져올 수 있었다. 관계에 최선을 다한 쪽은 미련이 없고, 떠나는 것에도 자유롭다. 한없이 받고만 싶어 했던 시절에는 알지 못했다. 물질적인 것이든, 마음을 쏟는 일이든 더 많이 주는 쪽이 손해라고 생각했는데 그건 정말 근시안적인 사고였다. 내가 좋은 사람이었을 때에야 홀가분하게 떠날 수 있었다. 훗날 후회하게 되는 것은 오히려 마음 편히 베풀지 못하고 옹졸하게 행동했던 일들이었다. 그게 좋은 사람을 놓치는 가장 빠른 방법이라는 것을 왜 몰랐을까.

'신뢰의 진화'의 최종 목적은 동전을 많이 모으는 것이다. 정말 그게 전부다. 하지만 세상은 동전 말고도 모을 수 있는 게 많다. 모든 것을 내치고 오직 동전만 모으기 위해 살 수도 있겠지만, 누군가는 가진 동전의 일부를 내어 주고서라도 다른 것을 얻고 싶어 할 수도 있다. 나는 무엇을 모으고 싶은 걸까. 어쩌면 애써 모으지 않아도 무언가가 채워지고 있는지도 모르겠다. 마치 받았다고 생각했던 것이 잃는 과정이었고, 베푼다고 생각했던 것으로부터 많은 걸 얻은 것처럼.

남는 것과 사라지는 것

선물에 관해서라면, 음식으로 받는 걸 좋아하는 '음식파'와 물건을 선호하는 '물건파'로 나눌 수 있지 않을까. 나는 완고한 물건파였다. 선물로 음식을 주는 건 상상조차 하지 못했던 시절이 있었다. 나에게 선물이란 받은 사람이 계속 사용하면서 오래 기억하는 것이었고, 그렇기 때문에 먹어서 금세 사라지는 음식은 선물로서의 가치가 떨어진다고 생각했다. 왠지 선물 같지 않은 느낌이었다.

하지만 음식을 선물로 주는 광경을 여러 차례 목격하면서 편견이 깨졌다. 나 또한 음식을 받았을 때 예상보다 훨씬 좋았기에 생각이 바뀌었다. 오히려 음식 선물만의 장점도 있었다. 음식은 대체로 실패할 확률이 낮았고, 먹고 사라지는 것이니 부담이 적었다. 물건은 받는 이의 취향에 맞지 않을 때 조금 곤란해진다. 원치 않은 선물이 공간까지 차지하며 부담 줄 것을 생각하면 최악이다. 물건을 선물하더라도 한 번 쓰고 사라지는 소모품을 주면 되는 것 아니냐고 할 수 있겠지만, 휴지 같은 생필품을 주기에는 특별한 느낌이 들지 않는다. 그런데 음식은 조금만 찾아봐도 독특하거나 새로운 맛을 발견하기가 쉬워서 특별한 느낌도 쉽게 줄 수 있다. 또 먹는다는 행위가 주는 기본적인 즐거움이 있기에 선물로서는 필승의 아이템이 아닐까. 그래서 한때는 물건보다 음식 선물에 더 꽂히기도 했다.

음식 선물의 단점은 쉽게 잊힌다는 것이다. 십 년도 더 전에 받았던 물건은 책상 한쪽에 여전히 남아 있기 때문에 '아, 그때 누가 이걸 줬었지' 하며 기억을 떠올릴 수 있다. 반면 음식으로 받았던 것은 사진으로 남겨 놓지 않은 한 기억에서 사라지기 쉽다. 정말 낯설고 특별한 음식이 아닌 이상 기억이 희미해지기 때문이다. 그렇게 생각하니 또 물건 선물이 좋은 것 같기도 하다. 나는 여러 차례 음식파와 물건파를 오갔다. 때론 타협점이랍시고 먹을거리와 물건을 자잘하게 섞어서 주기도 했다.

지인의 선물을 고르는 친구를 옆에서 도와준 적이 있다. 친구는 도대체 무엇을 사야 할지 모르겠다며 고민을 토로했다. 나는 그 지인에게서 선물을 받은 적이 있는지, 받았다면 그게 무엇이었는지 물었다. 그리고 그것과 비슷한 유형으로 선물하는 게 좋지 않을까 조심스레 권했다. 상대가 음식을 주었다면 나도 음식으로, 실용적인 물건을 주었다면 나도 실용적인 것으로, 디자인적인 측면을 부각한 물건이라면 나도 장식성이 강한 물건으로. 선물이라면 자신이 좋다고 여기는 것을 상대에게 해 주지 않을까. 그 점을 역으로 생각하면 그 사람이 어떤 것을 좋아하는지 추측할 수 있다. 친구는 나의 말을 듣고 좋은 방법인 것 같다며 한층 밝은 표정으로 진열된 물건을 구경하기 시작했고, 이내 결정한 듯 물건을 골랐다. 구매를 마친 친구를 보며 도움이 된 듯해 흡족한 한편, 생일이 빠른 사람이 참 부럽다고 생각했다. 나는 늦가을, 11월생이다. 늘 먼저 상대방의 선물을 준비해야 하는 입장으로 번번이 고민에 빠진다. 가격대는 얼마로 해야 하는지부터, 음식으로 줄 건지 물건으로 줄 건지, 물건이라면 또 어떤 걸 줘야 하는지 고민에 빠진다. 적어도 4월이나 5월에 태어났다면 얼마나 좋았을까 생각한다. 내가 먼저 선물을 받으면 그 사람의 선물 취향을 대충 파악할 수 있을 테고, 받은 것과 비숫하게 해 준다면 성공률도 높아질 것이다. 하지만 늦게 태어난 것은 별수 없다. 그래서 나는 일관성 없이 때마다 다른 선물을 한다. 상대에게 큰 부담을 주고 싶지 않을 때는 음식파처럼 행동하고, 의미가 있는 선물을 건네고 싶을 때는 물건파가 된다. 선물을 고심할 시간이 있다면 물건으로 주고 싶어 하는 편이다. 오래 기억에 남았으면 하는 의미에서 나의 본질은 물건파에 가깝다.

물건파로서 '먹는 게 남는 거다'라는 말은 다소 핑계처럼 느껴진다. 나는 고심해서 고르지 못할 바에는 사라지는 것을 선물하는 게 낫다고 판단해 음식을 선물했다. 음식의 의미는 사라지는 것에 있었다. 그래서 음식을 선물할 때는 정성에 대한 가책을 느꼈다. 제대로 된 선물을 주지 않은 것 같았다. 먹고 나면 상대에게 남는 것이 딱히 없을 텐데 하는 노파심이 들었다.

일상에서도 남는 것에 집착했다. 사라지는 것에 곧잘 허탈함을 느꼈다. 그런 부류의 대표 격이라고 할 만한 것은 인간관계가 아닐까 싶다. 나는 늘 오래가는 사이를 지향했다. 잠깐 어울리고 말 사이라는 생각이 들면 진심을 다하지 않았다. 오래도록 곁에 남았으면 하는 사람에게 정성을 쏟았지만, 서로에게 오래 남기는 참 힘들었다. 사소한 오해가 생기거나 생활 환경이 바뀌면서 소원해지고, 각자 새로운 관계를 맺는 경우가 흔했다.

사라지는 관계에 대한 아쉬움이 커서 어떻게든 붙잡으려고 애썼던 적도 있다. 과거에 굉장히 좋은 느낌을 남겼지만 근황을 알 수 없는 상대를 수소문해 겨우 연락처를 알아냈다. 긴장된 마음으로 연락을 하고, 만날 약속까지 잡았다. 으레 옛날 모습을 생각하고 사람을 만나면 실망한다는 말을 되새기며 너무 기대하지 말자고 다짐했다. 상대가 나타났고, 다행히 많이 변하지 않은 모습에 안도했다. 그 친구와 오랜 대화를 나누면서 옛 정취를 느꼈다. 하지만 과거의 추억만으로 관계를 계속 이어 나가기는 힘들었다. 어찌 되었든 새로운 형태의 접점이 생겨야 꾸준한 만남이 가능했던 것이다. 다시 멀어진 것은 누구의 잘못도 아니었지만, 붙잡으려 했던 관계가 소멸한 느낌은 나에게 아쉬움으로 자리 잡았다. 그 밖에도 관계는 손에 잡힐 듯 남아 있다가도 사라지고 변했다. 끊어지지 않는 돈독한 관계는 허상이라는 생각을 하면서 언젠가부터 관계에 체념 비슷한 마음을 가지게 되었다.

무언가를 좋아하는 마음도 결국 사라지는 것이 실망스러웠다. 어떤 사소한 것이라도 한 가지를 진득하게 오래 좋아하는 사람들이 대단하게 여겨졌다. 마음을 유지하는 것만큼이나 어려운 일이 없다. 감정도 쉽게 사라지는 종류의 것이다.

거품처럼 사라질 것을 갈망할 바에는 무언가를 남길 수 있는 것에 집중하자고 생각했다. 실용적인 것, 결과물을 남길 수 있는 것, 현재나 미래에 도움이 되는 것, 생산적인 것을 좋아했다. 무언가가 꼭 남았으면 했다. 그렇게 남는 것에 의미를 두는 시각이 삶의 전반에도 영향을 끼쳤다. 즐거움은 잠시 스쳐 지나가는 감정일 뿐 남는 게 없다는 생각이 들었다. 마치 음식을 먹는 것처럼 말이다. '먹는 게 남는 거다'라고는 하지만 입이 즐거운 순간이 지나면 아무것도 없다. 잠깐 재밌고 반짝이는 것들은 시간이 지나고 나면 남는 게 없었다. 나는 어쩌면 사라지는 것에 대한 허탈함이 무서웠던 것인지도 모르겠다.

늦게까지 혼자 남아 일을 하다가 불을 끄고 퇴근하는 깜깜한 밤, 정돈할 틈 없이 빼곡한 나의 책상 위, 그 끝에는 무엇이 남은 걸까. 사라지지 않는 것을 추구하는 노력은 무엇을 가져다주었을까. 열심히 일에만 집중한 덕분에 풍요를 얻을 수 있었다. 이제 아등바등하지 않아도 외식 정도는 할 수 있고, 조금 더 노력하면 고장 난 에어컨, 낡은 보일러가 있는 이 공간을 탈피하는 것도 가능할 것이다. 열심히 자기 계발을 했던 것도 커리어에 미미한 도움이 되었으니 결과를 남겼다고 할 수 있겠다. 어쨌든 사라지지 않는 무언가를 남겼다. 하지만 보상의 달콤함만 있을 뿐, 과정에는 즐거움이 없었다. 수단으로서의 가치를 다했을 때 더 이상 그 노력을 지속하고 싶지 않았다. 목적을 이루고 난 뒤에는 빠르게 삭막해져 갔다. 설령 많은 것을 남긴다고 한들, 그 끝은 보상을 위해 수단이 되어 버린 주객전도 인생이거나, 혹은 생존이라는 목적만 달성하면 그뿐인 삶일 것이다.

'아, 그때 참 좋았지' 싶은 때는 사라져서 아쉬운 것들이 잔뜩 담겨 있다. 넘치던 순수한 열정, 웃고 떠들며 놀았던 일, 이곳저곳 돌아다니며 구경했던 거리들, 늦은 시간 동료와 끓여 먹던 컵라면, 자기만족을 위해 썼던 수많은 글들…. 그런 것들은 어떠한 형태로든 시간이 지나면 모두 사라진다. 그렇기에 더 그립다. 사람들이 퇴근하고 떠난 어두컴컴한 공간에서 전등 하나만 켜 놓고 혼자 일했던 시절, 집으로 돌아

오는 길에 사 먹은 붕어빵 한 봉지에 손을 녹였던 따뜻함은
아직도 선명하게 남아 있다.

사라지는 것들이 오히려 나에게 더 많은 애틋함과 즐거
움을 준다. 인간관계도 꼭 내 곁에 붙잡아 두어야 남는 인연
이라고 생각했던 것은 오만이었다. 한 철이라도 같이 즐겁게
지냈다면 그걸로 감사한 일이다. 꼭 물리적으로 곁에 있거나
언제든 연락이 닿을 수 있는 형태로 관계가 지속되는 것만이
'남아 있다'라는 의미는 아닐 것이다. 그 사람과 상호작용하
면서 내 안에 무언가 흔적이 남았다면 과연 남는 게 없었다
고 말할 수 있을까. 언젠가 사라질 수 있으니 더 잘하고, 소
중하게 여기면 그만이다.

글을 쓰는 것 또한 마찬가지다. 글쓰기도 남기는 것에 연
연하지 않을 때 더 즐겁다. 그 자체로 쓰기 위해서만 존재하
는 글이 있는데, 종이에 깨알 같은 글씨로 적어 두고 나중에
는 재활용 쓰레기로 버리는 게 전부다. 타자로 친 글들은 컴
퓨터 고장으로 몇 번이고 삭제되기도 했다. 그럴 때마다 한
번도 가슴을 졸이지 않았다. 애써 남기려고 쓴 글이 아니었
기 때문이다. 이외에도 누군가에게 보여 주려고 만들거나, 뚜

렷한 결과를 바라지 않고 쓴 글들이 수없이 생겨나고 또 사라졌다. 하지만 사라진다는 것은 그만의 묘미가 있다.

돈을 받고 글을 쓰면 확실히 남는 것이 더 많다. 저작물이라는 뚜렷한 결과물도 생기고, 이 결과물은 한 줄의 이력으로 남아 앞으로의 커리어에 도움이 될 수도 있다. 하지만 나의 컨디션과는 무관하게 거의 매일 써야 한다는 점, 정해진 기한 안에 써야 한다는 점이 책임으로 자리 잡는다. 혹시 모를 상황을 대비해 열심히 복사본까지 만들어 가며 백업도 해 둔다. 본질적으로는 동일한 행위가 사소한 조건의 변화로 인해 사뭇 다르게 와닿는 것은 신기한 일이다. 역시 업무에 가까워지는 느낌이다. 보상이 뚜렷한 만큼 책임 의식도 과중하게 느낄 수밖에 없다. 남는 것과 사라지는 것, 둘 사이의 색깔은 확연히 다르다.

생존의 관점에서 보자면 무엇이 되었든 남는 것이 더 유용하다. 싫든 좋든 참고 실행하는 것, 책임감을 가지고 임무를 완수하는 것, 미래의 보상을 위해 인내하는 것. 주로 이런 일들이 보상과 연결되어 있기에 남는 게 많다. 내가 원했던 보상은 학력, 성취, 커리어, 풍족한 생활과 의식주 같은 것들이었다. 하지만 그런 보상을 열심히 추구했던 시기의 나를 돌아보면 행복해 보이지 않는다. 한결같이 무미건조한 표정에, 사는 재미도 딱히 없던 잿빛 기억만 흐릿하게 난다. 생존에만 짓눌린 삶은 나에게 웃음기부터 앗아 갔다.

반면에 행복에 도움이 되는 일은 딱히 무언가를 남기지 않는 것들이었다. 누군가에게 들려줄 것도 아닌 연주와 노래, 팔지도 팔리지도 않을 그림, 혼자만의 엉뚱한 실험, 무작정 목적지를 정해 떠나는 여행. 생존의 측면에서 보았을 때는 하등의 도움이 되지 않지만 내 삶에 활기를 부여했다. 나를 행복하게 만드는 것은 이런 자기충족적인 활동이었다. 무언가를 남기려고 하지 않는 것, 실컷 놀고 나면 그만인 것들이 나에게 가장 큰 행복을 주었다. 이런 일은 사진 한 장 남기지 않아 오직 기억 속에만 남아 있다. 사라진다는 것은, 어떤 형태로든 내 인생의 자양분이 되어 흡수되는 게 아닐까 싶다. 요새 나는 이러한 자족적인 활동의 비율을 확보하는 것에 많은 열과 성을 기울이고 있다. 무작정 생존을 위해서만 달리면 아무것도 '남는' 게 없다는 것을 이제는 알기 때문이다.

선물에 관해서는 아직도 물건파에 가깝다. 무언가를 꼭 남기고 싶어 하는 마음도 여전하다. 하지만 이제는 '먹는 게 남는 거다'라는 말이 모순처럼 들리지 않는다. 사라지는 것들이 때론 더 소중하게 느껴지는 법이다. 뚜렷한 결과를 남기지 않는 것이야말로 그 자체로 행복을 주기 때문이다. 뭘 남기지 않으면 좀 어때, 행복함을 남기는 게 제일 남는 장사가 아닐까.

연연하지 않는 기쁨

돈은 참 중요하다. 자본주의 사회에서 돈은 생명줄과 다름없다. 하지만 돈이 중요하다는 것과는 별개로, 돈이 나에게 행복을 준다는 관념에는 동의하지 않는다. 그래서 나는 많은 재산을 축적하는 것에 큰 가치를 두지 않는다. 당장 돈이 더 많아진다고 해서 그만큼의 기쁨이 따르지도 않을 것 같다. 돈이 생기면 맛있는 음식이나 실컷 사 먹어야겠다는 가벼운 생각밖에 떠오르지 않는다. 하지만 음식을 마음껏 먹는 건 돈의 문제가 아니다. 오히려 건강이 걱정되어서 그렇게 하지 못할 뿐, 돈이 더 있다고 해서 달라지는 것은 없다. 물욕도 크게 없기 때문에 수중에 몇백만 원이 더 생긴다고 해도 가지고 싶은 물건이 없다. 누군가는 좋은 집에 사는 것을 꿈꾸지만, 바퀴벌레의 등장도 덤덤하게 받아들이는 나는 넓은 곳이나 좁은 곳이나 상관없다. 야망이라곤 찾아볼 수 없는 인간의 표본이 아마 나일 것이다.

평소 돈을 많이 벌고 싶다고 말하는 지인에게 그 이유를 물으니 어서 일을 그만두고 불로 소득으로만 살고 싶다고 대답한다. 하지만 나는 일을 하는 것이 나쁘지만은 않아서, 돈이 많아져도 꾸준히 일을 할 듯하다. 적당한 일은 어느 방식으로든 도움이 된다. 이렇게 보면 인생에서 돈은 생활이 불편하지 않을 만큼만 필요할 뿐, 그 이상은 큰 의미가 없다. 내가 돈을 모으는 이유는 그저 나와 주변 사람들의 안정된 삶을 위해서일 뿐, 딱히 돈으로 이루고 싶은 것은 아무리 생각해도 좀처럼 떠오르지 않는다.

지금과는 달리 정반대의 생각을 가지고 생활했던 적이 있다. 재산을 일구는 것에 지대한 관심이 있어서 돈 관리에 혈안이 되었던 시절이었다. 삶에 별다른 재미가 없었기에 그저 돈 모으는 즐거움으로 살았다. 으레 처음이란 것이 주는 설렘이 있지 않던가. 독립한 후 나만의 재산을 처음 제대로 모았으니, 이것을 크게 키우고 싶은 생각이 드는 건 자연스러운 일이었다.

한 달 동안 쓸 수 있는 돈을 타이트하게 정해 놓고, 지출액 한도를 초과하는 일이 없도록 지냈다. 모든 생활이 돈을 중심으로 돌아갔다. 돈이 차곡차곡 쌓이는 것을 지켜보는 기쁨도 있었지만, 동시에 돈이 스트레스의 원천이 되기도 했다. 예상치 못한 지출이 발생할 때마다 전전긍긍했다. 여기까지는 다른 부분에서 아껴 쓰고 메우면 되니 별문제가 없었다. 하지만 사람보다 돈을 더 아끼고 있는 나를 발견한 순간은 너무 힘들었다. 한두 푼에 계산적으로 변해 가는 걸 보며 인간성 상실이 남의 일 같지 않았다. 돈 때문에 실망하고, 나아가 사람을 향해 미운 마음이 드는 일까지 발생했다. 돈이 나의 주인이 되어 버린 주객전도의 현장이 따로 없었다. 궁핍한 상황도 아니었는데 마음이 점차 가난해지는 느낌이었다. 게다가 비슷한 시기에 자본 소득이 근로 소득을 뛰어넘는 일들을 보고 들었다. 좌절감으로 근로 의욕도 상실했고, 돈을 모을수록 자본주의 시스템에 대한 막연한 혐오감만 커졌다. 난 무엇을 위해 이렇게 돈을 모으는 걸까. 돈에 대한 집념이 커질수록 증오심도 늘어 갔다.

그즈음부터 돈이란 녀석에 완전히 질려 버렸다. 궁상맞은 내 모습, 옹졸해지는 태도, 인간관계에 대한 불만족. 그 모든 것이 마음에 들지 않았다. 돈을 추구할수록 행복과는 멀어지는 기분을 지울 수 없었다. 그때부터 지출 관리에 손을 놓아 버렸다. 어련히 알아서 잘 썼겠지, 하는 생각에 가계부도 작성하지 않았다. 무엇보다 돈 때문에 사람에게 치졸해지는 것이 가장 싫었기에, 앞으로는 사람한테 쓰는 돈 가지고 쩨쩨하게 굴지 말자고 결심했다. 돈에 얽매였던 경험에 대한 반작용 같았다. 나는 돈에 초연해지고 싶었다. 적어도 돈보다 사람을 먼저 생각하면 진정한 관계를 맺을 수 있을 것 같았다. 마찬가지로 돈에 초연해지면 진심으로 좋아하는 일을 할 수 있다고 믿었다.

돈에 연연하지 않으려고 노력하기 시작했다. 계산하지 않고 베푸는 법을 연습했다. 예전만큼 통장 잔고를 자주 확인하지 않았다. 그렇게 한 달에 얼마를 지출하는지도 모른 채로 오랜 시간을 보냈다. 돈 한 푼에 아쉬워하지 않아도 되어서 마음이 편안했다. 다른 사람들에게 베풀 수 있다는 심적 여유가 생긴 것도 좋았다. 다른 사람들에게 밥 한 끼라도 한 번 더 사 주는 나를 보며 내가 전보다 이타적인 사람이 되었다는 착각에 빠지기도 했다. 돈에 너무 붙잡혀 있는 사람들을 보고는 속물적이며 그릇이 작다고 여기기까지 했다.

돈으로부터 자유로워진 만큼 삶이 더 풍요로워질 것이라

고 기대했다. 그런데 웬걸, 기대와는 다른 상황이 펼쳐졌다. 돈에는 민감하지 않았지만, 정신적 손실에 예민하게 반응했다. 내가 돈을 더 쓰며 만나는데, 상대가 나의 기분을 불쾌하게 만들면 화가 났다. 어떤 부분에서는 더 옹졸해진 셈이다. 또, 돈을 아무에게나 쓰고 싶지도 않았다. 이왕이면 가치 있는 사람을 만나는 데 돈을 쓰고 싶었기 때문에 배울 점이 있는 사람만 쫓아다녔다. 상대가 나보다 나은 것이 없다는 생각이 들면 관계에 즉시 소홀해지기 시작했다. 돈에 연연하지 않았을 뿐, 철저하게 실리를 따져 가며 사람을 가린 것이다. 문제는 내가 만나고 싶을 만큼 대단한 사람에게는 정작 내가 매력적일 리가 없다는 것이었다. 일방적으로 희망하는 관계는 제대로 맺어지지 않기 마련이다. 그렇게 헛물만 켜는 동안 소홀히 했던 사람들과는 점차 멀어졌고, 나의 인간관계는 대폭 협소해졌다.

흔히 돈을 따지는 것을 보고 속물적이라고들 하지만, 이것 말고도 얼마나 많은 속물적인 행태가 있는지 이제야 알게 되었다. 나는 늘 정신적인 이득이라도 취하려 들거나, 나의 취향이 배려받기를 원했다. 돈만 따질 때는 지출이 아깝다는 생각 정도에 그쳤을 뿐, 다른 사람을 통해 내 이익을 극대화하려 하지는 않았다. 돈에 연연하지 않는다는 점 하나만으로 나만큼 이타적인 사람이 어디 있냐며 착각을 하면서 이기적으로 살았던 것이다.

돈뿐만이 아니라 모든 이익을 취하려는 마음을 내려놓는 것에 집중했다. 나를 찾는 어떤 사람도 가리지 말자는 마음으로 만났다. 생각해 보니 인간관계는 간단했다. 나를 필요로 하는 사람의 곁에 있어 주는 것. 그것이 나의 존재를 가장 가치 있게 쓰는 요령이기도 했다. 누군가와 오래가는 관계를 만들고 싶다면 잘난 사람을 쫓아다닐 게 아니라 나를 필요로 하는 사람을 만나면 되었다. 이익을 보려는 마음을 내려놓으니 그제야 진정으로 주는 기쁨을 알 것 같았다.

한때는 돈뿐만 아니라 일에서도 나만큼 초연한 사람이 없다고 생각했다. 권력욕에 눈이 먼 사람들이 사는 모습은 치졸해 보였다. 승진이나 돈을 목표로 하는 대신 자신이 진정으로 좋아하는 일을 하는 것이 멋있다고 생각했다. 이런 마음이 오히려 일을 가리게 만들었다. 원하는 커리어를 쌓는 데에 도움이 되는 일은 좋아했지만, 그렇지 않은 일을 할 때는 불만이 늘었다. 천직에 대한 환상만 늘어나서, 돈은 필요

없으니 취향에 맞는 일만 하고 싶다는 철없는 생각을 하곤 했다. 승진을 원하는 것도 아니므로 워커홀릭처럼 일에 너무 많은 시간을 투자하는 것은 손해라고 생각해서 주는 만큼만 적당히 일을 하려는 심보가 생겨났고, 궁극에는 일을 혐오하는 지경에 이르렀다. 결국 이기심을 버리지 않는 한 내 삶은 바뀌지 않았다.

일에서도 마찬가지 태도로 임하려고 했다. 나에게 도움이 되는 일인지 아닌지 따지지 말고 어떤 일이든 묵묵히 하려고 했다. 마치 봉사 차원으로 일을 하는 것처럼 말이다. 돈까지 받으면서 봉사를 하고 있으니 얼마나 좋은 조건이냐고 생각하며 출근했다. '받는 만큼 일하자'를 모토로 삼았던 과거와는 정반대였다. 어쩌면 주어진 일만 정확하게 하는 것이 이해타산에는 맞을지도 모른다. 하지만 이런 이해득실을 따지지 않자, 처음으로 일을 하며 내적 만족을 느꼈다. 과거에는 일하는 시간을 영혼이 죽어 가는 시간이라고 생각했다. 퇴근 이후의 삶이 진짜 인생이라고 여겼다. 일로 인해 받은 스트레스에 대한 적절한 보상이 없으면 짜증이 났다. 그런데 이득 볼 생각을 버리고 일을 하니 처음으로 보람을 맛보게 되었다. 내가 한 일이 불러온 사회적 좋은 영향이 그제야 보였다. 특별한 보상이 없어도 나의 일은 그 자체로 의미가 있었던 것이다. 물론 지금도 넘치는 열정으로 일을 재밌게 하지는 못한다. 하지만 힘들어도 가치가 있다고 생각하니 마냥 싫지만은 않다.

천직 타령을 하며 지금 하는 일은 나의 '천직'이 아니라 마음에 들지 않는다고 말하고 다니던 시절이 있었다. 하지만 일의 의미는 순전히 재미의 유무만으로 따질 수 있는 게 아니었다. 이득을 바라지 않는 태도로부터 가치 있게 사는 방법을 배웠다. 자본주의 시스템에 대한 막연한 불만도 사라졌다. 오직 돈을 목표로 하며 인간성을 상실하는 상황은 경계해야 마땅하다. 하지만 자본주의가 낳은 풍요는 전부 소유하려고 하면서 부정적인 면을 골라내 비판하는 것은 발전을 방해하는 태도로 보인다. 체제의 장단점을 고르게 바라보려는 노력이 필요하다.

여러 종교에서 이타성을 그리도 강조하는 이유를 알 것 같았다. 이기심을 버리자 더욱 즐거운 삶이 펼쳐졌다. 일이 싫다고 볼멘소리를 하지 않게 되었고, 잘난 사람의 꽁무니를 쫓느라 이미 맺은 관계를 뒷전으로 취급하는 일도 없어졌다.

자신의 이익만을 생각하며 살 때는 뜻대로 이루어지지 않을 때마다 괴로워했다. 운이 좋아서 결국 원하던 것을 얻어도 쉬이 공허해졌다. 나를 내려놓을 때 더 가치 있는 일을 할 수 있었고, 공허함이 아닌 충만함으로 삶을 가득 채울 수 있었다. 이기적으로 살면 자신의 것을 더 많이 챙기는 것처럼 보이지만 결국엔 어떤 의미도 채우지 못한 삶을 살게 된다. 이것이 내가 일련의 경험을 통해 배운 점이다.

사람은 아무리 초연한들 어떤 것에는 매여 있기 마련이다. 매여 있다는 것 자체를 두고 좋고 나쁨을 판단할 수는 없다. 오히려 자신이 무엇에 연연하고 있다는 사실조차 모르는 경우가 위험하다. 초연하다고 착각한 채 문제를 바로 보지 못하고 화를 자초할 수 있기 때문이다. 자신이 무언가를 갈망한다는 것을 정확히 인식하는 사람은 형편이 나은 편이다. 결국에는 돈이든 일이든 인간관계든, 사람은 자신에게 매여 있다. 자신의 생존과 번영에 유리한 방식으로 살아남으려는 것, 늘 이득을 보려는 것은 무척이나 자연스러운 일이다. 한껏 매여 있을 때의 즐거움도 분명 있다. 나에게 이익이 따랐을 때 느끼는 큰 기쁨, 나는 주로 그런 기쁨을 추구하며 인생을 살아왔다.

무엇에도 연연하지 않는 삶은 아무런 재미도 없을 것이라고 지레짐작했다. 그런데 나를 다소간 내려놓고 이익을 추구하지 않는 마음으로 사니 예전과는 다른 색깔의 기쁨이 느껴졌다. 무언가에 연연하지 않으면서도 기쁨을 맛볼 수 있다는 사실은 신기하다. 이기심에 가려 있을 때는 나의 존재 가치가 잘 보이지 않았다. 나를 내려놓고 비웠을 때 그제야 본질을 생각할 여유가 생겼다. 자신을 물병으로 착각하고 물을 담는 것에만 집중했는데 주변의 꽃밭이 말라 가는 것을 발견하고, 그제야 자신이 물뿌리개였다는 사실을 알아챘다는 어느 이야기처럼. 물뿌리개에 담긴 물은 주위에 베풀어야 더 아름다운 꽃밭을 일궈 낼 수 있다.

자연사가 목표입니다만

유년의 기억 중 인상 깊은 것이 있다. 어릴 적 고깃집에서 있었던 일이다. 요즘에야 고깃집 한편에 자리 잡은 아이스크림 셀프 바가 익숙한 풍경으로 느껴지지만, 당시만 해도 아이스크림 바는 완전히 새로운 형태의 서비스였다. 그래서인지 가게는 문전성시를 이뤘다. 아이스크림을 퍼 주는 아르바이트생까지 있었으니 말 다 했다. 아이스크림에 대한 호기심은 다들 한마음이었던 건지, 기다리는 줄이 꽤나 길었다. 당시 꼬마 손님이었던 나는 오랜 기다림 끝에 아이스크림을 받을 수 있었다. 그런데 웬걸, 아르바이트생이 퍼 준 아이스크림 모양이 이상했다. 정확히 따지자면 아이스크림에는 아무런 문제가 없었다. 그저 꼬마 손님이 기대한 모양과 많이 달랐을 뿐이었다. 나는 아이스크림 광고에서나 볼 법한 완벽하게 둥근 모양으로 아이스크림이 퍼지길 기대했다.

모양이 이상하다는 꼬마 손님의 볼멘소리에 앳된 얼굴을 한 아르바이트생은 부드럽게 한마디 내뱉었다. "먹다 보면 동그래져요." 그 말을 듣고 어린 나는 '아!' 하고 깨달은 양 표정을 짓고는 그새 마음이 녹아내려선 빙그레 웃으며 자리로 돌아갔다. 그 짧은 순간이 꼬마 손님이었던 나에게 굉장히 친절하고 따뜻한 기억으로 남아 있다. 인생 전체를 놓고 봐도 내 삶은 이와 비슷한 메커니즘으로 진행된 것 같다. 나는 무엇이 그리 불만인지 지극히 당연한 것에도 쉽사리 괴로워했는데, 그때마다 누군가가 베풀어 준 일순간의 따뜻한 태도, 온정 같은 것들로 괴로움을 모면해 왔다. 많은 사람들의 배려 덕분에 지금까지 이렇게 무사히 살아오고 있다.

과거의 나를 돌아보면 참 안쓰러울 정도로 불행했다. 꽤 오랜 시간이 흘렀는데도 당시 써 놓은 일기장을 아무렇지 않은 마음으로 들춰 보는 것이 힘겹다. 그때의 나에게 감정이 이입되어 마음이 무거워지기 때문이다. 과거의 일기만큼은 왜 좀처럼 초연한 마음으로 읽을 수 없는 걸까. 어쩌면 아직 마음의 상처가 아물지 않았다는 방증일 수도 있겠다. 과거에는 한창 사회에 대한 불만이 많았다. 사회를 싫어하는 것은 물론, 나 자신조차도 사랑하지 못한 시절이었다. 성인이 되어서도 대상이 아이스크림에서 바뀌었을 뿐, 온갖 것에 대한 불만은 여전했다. 마치 완벽하게 둥근 아이스크림을 원했던 것처럼 세계에 대해서도 마찬가지였다.

내가 원하는 만큼 세상이 동그랗지 않으니까 문제였다. 그런데 언제부턴가 아이스크림의 문제가 아니라 나의 문제일지도 모르겠다는 생각이 들었고, 문득 내 불행의 원인을 찾고 싶어졌다. 나의 성격이 잘못된 걸까, 아니면 현재 상태가 다소 이상한 걸까, 만약 타고난 성격의 문제라면 바꾸기 쉽지 않을 테니 절망적일 것 같았다. 그저 현재 상태가 일시적으로 건강하지 못한 것이라 믿으며 성격 검사를 찾아보았다. 성격 검사 중 공신력이 있지만 널리 알려지지 않은 '빅 파이브(Big 5) 성격 검사'를 해 보았다.

이 검사는 외향성, 개방성, 성실성, 우호성, 신경성의 다섯 가지 요소를 측정한다. 이 검사의 특징은 성격을 유형으로 분류하지 않는다는 점이다. 그저 각 요소의 수치를 통해 개인의 성격을 설명한다. 그래서인지 특정 값이 극단에 치우치지 않는 이상 나의 개방성이 높았는지 낮았는지, 외향성은 어땠는지를 일일이 기억하기란 쉽지 않다. 나도 과거의 검사 결과를 모두 기억하지 못한다. 하지만 유독 높았던 신경성 수치는 확실하게 기억하고 있다. 신경성이란 개인이 스트레스나 불안과 같은 감정을 얼마나 자주 느끼는 성향인지를 말한다. 이 요소는 내가 불행을 잘 느끼는 성격임을 설명해 주는 것 같았다.

높은 신경성 수치 때문이었을까. 삶이 자주 괴로웠고, 죽을 의지라곤 전혀 없어도 죽음에 대한 관심은 지대했다. 인터넷 서핑을 할 시간이 나면 죽음과 관련된 글을 찾아보는 게 취미였다. 그러다 우연히 어떤 인터넷 게시판에서 죽고 싶을 만큼 삶이 힘들다는 사람의 글을 발견했다. 글에 달린 몇 개의 댓글 중 하나에 눈길이 갔다. '그냥 자연사할 때까지 기다리면서 사세요.' 댓글이 꼭 나에게 하는 말 같았다. 게시글을 올린 사람은 그 댓글을 보고 아니꼬웠을까, 아니면 위로를 받았을까. 그건 모르겠지만 나에게는 꽤나 괜찮은 제안이었다. 그래, 앞으로 자연사를 인생의 목표로 삼자. 그렇게 결심하자 죽으니 사니 하는 문제는 더 이상 신경 쓰이지 않았다.

그때부터 자연사하는 것이 나의 최종 목표가 되었다. 그런데 요즘에는 사망 원인을 굉장히 세부적으로 따지다 보니 자연사한 사례를 찾기가 쉽지 않은 것 같다. 과거에는 병으로 사망하더라도, 그 병이 무엇인지 밝혀낼 능력이 없었기에 그저 나이가 많아서 사망했다고 추측했을 것이다. 하지만 지금은 수많은 질병을 의학적으로 설명할 수 있기 때문인지, 자연사라는 표현조차 점점 사라지고 있는 느낌이다. 노쇠해서 심정지로 죽어도 사인이 심혈관 질환으로 표기되는 실정이라고 하니 말이다. 죽음의 원인을 정확하게 규명해야 한다는 의식으로부터 나온 자연스러운 일이란 생각은 들지만, 그만큼 자연사라는 개념이 점차 희미해져 가는 것 같아 아쉽다. 엄밀히 따지면 병사는 자연사가 아니지만, 사고사의 경우를 제외하고 병으로 죽든 늙어서 죽든 모두 자연사라고 받아들이려고 한다.

그런 의미에서 나는 자연사의 수순을 착착 밟고 있다. 사고는 예측할 수 있는 게 아니다마는, 적어도 교통사고의 확률은 착실히 낮추고 있다. 보행자로 사고를 당하는 것은 어쩔 수 없지만, 운전을 하지 않기 때문에 운전자로서의 사고 위험은 전혀 없다. 풍요로운 시대에 태어났다는 것도 자연사의 수순을 밟는 데 큰 도움이 된다. 욕심을 내려놓아도 충분히 먹고 살 수 있을 만큼의 복지가 되어 있다. 자연사를 위협할 만한 걱정거리라면 전쟁과 원전 사고 정도라고 할까. 참 감사한 세상에 살고 있다.

하지만 인생의 목표가 자연사라는 것을 입 밖으로 꺼낸 적은 없다. 이상한 목표로 보일 수 있다는 것을 잘 알고 있다. 기다리면 죽을 텐데 구태여 '목표' 따위로 삼는다는 건 그만큼 특별히 이루고 싶은 목표가 없다는 뜻이기도 하다. 목표 없는 삶은 무가치하다고 평가 받기도 한다. 나조차도 목표 없이 사는 것을 부정적으로 보던 시절이 있었다. 과거에는 모든 순간에 목표가 있었다. 이상적이라고 생각하는 인간상을 추구하기 위해 한시도 가만히 있지 않았다. 멋진 미래를 꿈꾸며 늘 현재를 희생하는 방식으로 살았다. 어느 날은 이런 생활에 지쳐 아버지께 미래와 현재 중에서 어느 것에 초점을 두고 살아야 할지 모르겠다고 푸념하듯 이야기한 적이 있다. 아버지는 잠시 동안 생각한 후에 말씀하셨다. "현재를 충실하게 사는 것이 미래를 대비하는 거지." 나는 반신반의했다. 아버지께서 말씀하시는 삶이 미래를 위해 현재를 희생하는 삶인지, 현재를 즐기는 삶인지 알 수 없었기 때문이다. 두 마리 토끼를 잡을 수 없듯 현재의 즐거움을 택하면 미래의 목표와는 멀어지는 게 아닌가, 내 생각은 거기까지만 미쳤다.

'그냥 자연사할 때까지 기다리면서 사세요.' 이 댓글을 계기로 나는 모든 것을 탁 놓아 버리고, 순전히 자연사만을 목표로 삼자고 굳게 결심했다. 며칠 동안은 아무것도 하지 않고 편하게 지냈다. 하지만 무언가를 하지 않으면 안 될 것 같은 느낌을 지울 수 없었다. 모든 것을 내려놓고 목표 없이 사는 것에 좀처럼 익숙해지지 않았다. 자연사할 때까지 기다리기엔 평균 수명도 너무 길었다. 요시모토 바나나의 소설 《그녀에 대하여》에는 '느린 자살'이라는 표현이 나온다. 아무런 목적 없이 그저 사는 것만으로 족하다 여기며 버티는 인생, 작가는 그것이 느린 자살과 별반 다를 게 없다고 표현한다. 딱 그 말처럼 나는 느린 자살을 하는 것과 비슷한 삶을 살았다. '느린 자살'이라는 단어가 품고 있는 부정적인 뉘앙스가 마음에 걸렸지만 다시 목표를 열렬히 좇으며 살고 싶지는 않았다. 목표와 현실의 괴리를 마주하고도 치열하게 사는 것이 괴로웠기에, 한결같이 미온적인 태도로 지냈다.

목표가 없으면 자연사할 때까지 기다리는 것이 참 권태

롭다. 하지만 지루한 와중에도 일은 변하지 않았다. 희한하게도 일이 줄어드는 상황은 벌어지지 않았다. 생계를 위한 일뿐만 아니라 집안일이나 그 외 잡다한 것까지 포함하자면 일은 귀찮으리만치 끝이 없었다. 그래, 심심하면 일이나 하면서 살자. 자연사할 때까지 남은 수명이 방대하게 느껴지지만 주어진 일을 하다 보면 시간이 갈 거라는 단순한 계산이었다.

그 누구도 신경 쓰지 않고 일을 했다. 승진이나 칭찬을 바라지도, 일이 잘되어서 큰 성과를 거두길 바라지도 않았다. 일은 그저 삶을 때우기 위한 킬링 타임용이었을 뿐. 그렇게 연연하지 않으면서 일만 하는 나날이 이어졌다. 누군가는 군말 없이 일하는 나를 보며 열정적이라고 했지만, 사실 열정과는 거리가 멀었다. 누군가는 일 중독이라고 생각했을 수도 있지만, 애초에 일을 별로 좋아하지 않았기에 중독될 염려도 없었다. 목표가 없기 때문에 과하게 몰입하거나 자신을 혹사하는 일도 드물었다. 뜻대로 안 된다고 실망하거나 포기하는 일도 없었다. 그렇기에 편안하게 오래 지속할 수 있었다.

기쁠 것도, 슬플 것도 없이 기계처럼 일만 하던 어느 날, 내 책상에 덩그러니 놓인 초코 우유를 발견했다. 누가 잘못

올려놓고 간 건가 싶어 수소문 끝에 우유의 주인을 찾았다. 왜 나에게 우유를 버리고 갔느냐고 장난삼아 이야기하니, 자신이 먹으면 이가 썩을 것 같아 올려 두었다는 말이 되돌아왔다. 우유는 돌려주었지만 잘 보여서 득이 될 것도 없는 나에게 베푼 무심한 호의가 좋았다. 또 그것에 너무 일희일비하지 않고 가볍게 넘기는 자신도 좋았다.

인생의 목표를 자연사로 삼았을 때 가장 큰 장점은 순수한 기쁨을 느낄 수 있는 것이다. 긴 줄을 기다린 끝에 받은 아이스크림의 모양이 예쁘지 않다고 심술이 난 것처럼, 기대에 따른 실망은 내가 받은 아이스크림의 달콤함마저 능가한다. 기대는 그런 방식으로 기쁨을 앗아 가기 마련이다. 대가를 바라는 삶에는 기쁨이 없다. 자연사를 목표로 한 뒤로 인생에 주어지는 선물을 기대하지 않았다. 받을 필요도 없었다. 잘 죽는 것이 목표인 사람에게 잘 살기 위한 갖가지 선물은 그다지 매력이 없었다. 인생의 선물을 바라지 않게 되었을 때, 비로소 인생의 많은 것들이 기쁨이 되었다. 엉성한 모양의 아이스크림도 맛은 달콤했듯이.

자연사를 목표로 하는 인생이 이상하다고 그 누가 욕할

수 있으랴. 그럴싸한 인생의 목표라는 것이 과연 있을까. 실존주의가 꼬집었듯, 생명 자체는 목적을 달고 태어나지 않는다. 그렇기에 수많은 의문과 방황이 생겨나기 마련이다. 그 공허함을 채우기 위해 뚜렷한 목표를 설정하며 살아가는 이들도 많지만, 애초에 목적이 없다는 걸 상기하면 별로 이상할 것도 없다. 오히려 인생은 목표 때문에 더 괴로워지기도 한다. 자연스럽게 살고 죽는 것이 가장 이상적인 것 아닐까. 인위적인 목표를 갖지 않는 삶. 나는 그런 삶을 꿈꾼다.

최근에 다시 빅 파이브 성격 검사를 받았다. 그것도 전문적으로. 주 관심사는 신경성 수치였다. 새로운 검사 결과에서 눈에 띈 점은 나의 신경성이 과거에 비해 낮아진 것이다. 신기한 일이다. 예전에는 전문적으로 받은 게 아니었기 때문에 달라진 걸까? 그럴 수도 있지만, 확실히 과거의 나와 지금의 나는 다르다. 예전에는 자주 우울했다. 한 번 나락으로 떨어진 기분을 끌어 올리는 것이 무척 힘들었다. 하지만 지금은 심각하게 우울할 일조차 없거니와, 우울해져도 나 자신을 잘 끌어 올릴 수 있게 되었다. 이런 이야기를 꺼내면 비결을 묻는 이도 있는데, 자연사 외에 별다른 목표가 없는 게 비결이 아닐까 생각한다. 인생에 특별한 기대가 없고, 그저 살아 있는 것만으로도 만족스러우니 별로 우울할 일도 없다. 꼬마 손님이던 내가 아이스크림을 가지고 실랑이했던 그 사건을 생각하면, 아이스크림이 어떻게 생겼든 그저 받으면 그만일 뿐인 것이다. 꼭 동그래야 한다는 규칙을 정하지 않으면 되듯, 인생에도 목표라고 할 것을 정하지 않으면 속상할 일이 없다는 단순한 사실을 알게 되었다.

나는 나이와 신경성 사이에도 어느 정도 연관이 있다고 추측했다. 나이가 들면 자연스레 많은 것을 내려놓게 되고, 그러면서 신경성이 조금씩 낮아지는 게 아닐까 생각했다. 세월이 흘러서 더 낮은 신경성을 가지고 초연하게 살아갈 수 있다면 얼마나 좋을까. 하지만 심리 상담 검사원의 말에 따르면 오히려 늙어 갈수록 신경성이 높아진다고 한다. 아마 노인이 되면 몸 이곳저곳이 아프고, 사회적으로도 취약해지기 때문이라고 조심스럽게 추측해 본다. 여하간 초연함은 나이와는 별개인가 보다. 나이가 들면서 더욱 가벼운 마음으로 살아가는 사람도 있겠지만, 누군가는 따라 주지 않는 몸과 줄어드는 수명을 개탄스러워할 수도 있으니.

나는 여전히 목표가 없다. 그저 매일 해야 할 일을 충실히 하고, 아픈 곳 없이 건강하게 하루를 넘겼다면 그걸로 기쁘다. 누군가가 목표를 묻는 질문을 하면 머릿속이 멍해진다. 정말로 떠오르는 게 없기 때문이다. 분위기를 맞추기 위해 으레 형식적인 목표를 즉석에서 생각해 낸다. 새로운 취미에 도전한다거나, 새로운 형식의 글을 써 보겠다거나 하는 식으로 말이다. 하지만 사실 난 정말로 목표가 딱히 없다. 비슷한 질문이 반복되면 그저 속으로 '자연사가 목표입니다만' 하고 되뇌어 본다.

다시, 처음으로

다시 맨 처음의 이야기로 돌아가려고 한다. 꿈속에서 누군가가 난데없이 나타나 나에게 소원이 무엇이냐고 물었고, 나는 '내 삶을 사랑하는 것'이라고 답했던 그날. 그 후로 내 삶은 자신을 사랑하기 위한 여정이었다고 해도 과언이 아니다. 오스카 와일드는 '자신을 사랑하는 것은 한평생 이어질 로맨스의 시작이다'라는 말을 남겼다. 여러모로 나에게는 참 와닿는 글귀다.

사랑만큼이나 그 양상이 다양한 단어가 있을까. 누군가는 사랑한다면서 광기 어린 집착을 드러내기도 한다. 누군가는 사랑한다고 말하지만 무심한 태도를 보이기도 한다. 사랑에도 올바른 방식과 그렇지 않은 방식이 존재할 것이다. 나는 내 삶을 올바르게 사랑하고 싶었다. 하지만 사랑하면서 초연한 마음을 갖기란 참 힘들다. 사랑할수록 걱정과 불안이 커졌고, 때론 좋다가도 갑자기 실망을 느끼기도 했다. 나는 내 삶과 애증의 관계였다. 내가 생각하기에 바람직한 사랑의 방식은 변덕스러움이 아니라 올곧음이었다. 말하자면 초연한 사랑. 나는 내 삶을 초연하게 사랑하고 싶었다.

과거의 나는 내 삶을 전혀 사랑하지 않았다. 오히려 온 마음을 다해 미워했다. 자신에게 과도하게 집착하다가 잦은 실망을 느끼고, 자포자기의 심정으로 살았다. 내 삶을 사랑하는 것을 소원으로 삼았을 때의 나는 내 삶을 죽도록 미워하지 않았을까. 하지만 사랑하겠다고 결심한 이상, 조금이라도 좋은 점을 찾아보려고 노력했다. 그렇게 애쓴 과정이 조금은 통했는지 내 삶이 더 밉지는 않았다. 아무리 나쁜 상황이라도, 못난 자신이라도 다르게 바라보면 괜찮은 구석을 찾을 수 있다는 걸 그때 알게 되었다.

더 이상 자신을 싫어하지 않게 되었을 때, 그제야 내 삶을 조금씩 사랑하게 되었다. 무언가에 대한 사랑이 싹트면 그 대상의 모든 것이 궁금해지듯 나 자신을 향한 호기심이 생겨났다. 내가 좋아하는 것은 무엇인지에서부터, 사소한 취향과 의견, 나의 주관과 철학, 느낌과 감정에 귀를 기울였다.

그때 처음으로 산다는 것이 제법 재미있다고 생각했다. 나라는 사람이 신기했고, 마음에 들었다. 그리고 더 마음에 드는 나를 만들기 위한 노력도 게을리하지 않았다. 나는 더욱 멋진 사람으로 발돋움하고 싶었다.

설렘의 기한이 생각보다 짧은 것처럼 나에게도 점차 안정적인 시기가 찾아왔다. 늘 재미있고 설렐 수만은 없는 법이었다. 예전만큼 호기심 어린 눈으로 자신을 바라보지 않고, 나에 대한 탐구를 열렬히 하지 않았다. 처음에는 그것이 삶에 대한 권태라고 생각했다. 하지만 그 과정에서도 배우는 것은 있었다. 나를 있는 그대로 바라보는 눈을 얻은 것이다. 나의 장단점을 차분하게 파악하고, 조금 부족한 부분도 수용할 수 있게 되었다. 멋지지 않아도 지금 이대로도 충분히 괜찮다고 느끼고, 내가 처한 상황이 마음에 들지 않더라도 겸허히 받아들이게 되었다. 그리고 이제는 자신만을 골똘히 들여다보지 않는다. 처음의 열정적인 사랑에서 벗어나, 지금은 주변과 세상을 살필 여유가 생겼다. 예전에는 아주 흡족할 정도로 멋진 사람이 되어 멋진 삶을 살아가는 것이 관심사였다면, 요즘은 사회 속에서 조화롭게 살아갈 수 있는 방법을 모색하는 것이 주요 관심사다. 어쩌면 이게 삶에 대한 초연한 사랑이 아닐까. 자신에게 집착하지 않는, 하지만 여전히 애정 어린 시선으로 바라볼 수 있는. 나는 지금 이 온도가 좋다.

나와 내 삶을 사랑하는 것. 지극히 단순한 말 같지만, 나에게 '사랑'의 의미는 크게 바뀌었다. 나는 사랑한다는 것을 '마음에 쏙 드는 것'이라고 생각했다. 그렇기에 내가 처한 환경을 더 마음에 드는 환경으로 만드는 것에 주력했고, 더 마음에 드는 사람이 되기 위해 노력했다. 나를 사랑하는 것은 맞았으나, 그 과정은 결코 초연할 수 없었다. 나를 사랑하기에 좋은 여건이 항상 마련되어 있는 것도 아니었고, 여건이 완벽했어도 나의 노력이 기대에 미치지 못할 때도 종종 있었다.

사랑한다는 것은 무엇일까. 우여곡절 끝에 내가 내린 결론은 '주어진 것을 성심껏 가꾸는 일'이었다. 어떤 방식으로든 나와 인연을 맺게 된 것을 소중히 여겨 정성을 다하는 것, 그게 곧 사랑이었다. 그 사실을 깨닫기 전까지, 나는 사랑을 취향이나 기호쯤으로 여긴 것이다. 내 삶이 흡족하게 굴러갈 땐 마음에 들었고, 그렇지 않으면 싫었다. 나의 사랑은 한낱 가볍기만 했다. 그리고 부끄럽게도 사람을 대하거나 일을 할 때, 나아가 삶의 모든 방면에서 그러한 태도를 보였다. 어떤 사람의 특정한 요소가 마음에 들면 그 사람을 사랑한다고 여겼고, 좋아하는 일을 해야만 만족했으며, 내 취향에 맞는 모든 것을 수집하고자 했다. 그렇게 고르고 골라서 내 삶을 입맛대로 만들었다. 그러면서 나는 내 삶을 참으로 사랑한다고 생각했다.

사랑은 좋아하는 것을 취하는 게 아니라, 마음에 들지 않는 것을 기꺼이 받아들이는 것 아닐까. 모든 것을 내 입맛대로 꾸밀 수 없음을 알게 된 시점에서 변화의 필요성이 느껴졌다. 기호를 떠나 정성을 다해야 하는 순간도 있는 법이다. 마음에 들지 않더라도 감내하는 삶, 그 속에서 나를 진정으로 사랑하는 방법을 더 많이 배웠다. 그것이 초연한 사랑이었다는 것을 비로소 알게 되었다. 그리고 앞으로는 사람을 대하거나 일을 할 때, 나아가 삶의 모든 방면에서 올바르게 '사랑'하는 것이 소망이다.

어쩌면 삶의 방식은 곧 사랑하는 방식이 아닐까 싶다. 자기 삶을 대하는 태도는 타인을, 일을, 세상을 사랑하는 방식과 무섭도록 닮았다. 그렇기에 자신을 올바르게 사랑하는 법을 익히는 것이 모든 일의 선결 과제가 되어야 한다고 생각하지만, 사람들은 그런 일에 관심이 없음을 자주 느낀다.

나는 어떤 상황에서도 흔들리지 않고 나와 내 세계를 사랑하는 초연함을 가지고 싶었다. 꿈에서 말했던 소원 '내 삶을 사랑하는 것'을 이뤘다고 할 수 있을까? 나와 내 세계는 사랑스럽지만은 않을 것이다. 하지만 한 가지는 확신할 수 있다. 사랑스럽지 않음도 이제는 기꺼이 감수할 수 있다는 것. 어떤 삶의 모습이든 있는 그대로 받아들이는 것이 삶을 사랑하는 방법이었다. 여전히 무수히 흔들리는 삶을 살고 있지만, 이 흔들리는 삶마저도 사랑할 것이라는 초연함. 이제 조금은 내 삶을 사랑한다고 말할 수 있다.

연연하기
싫어서
초연하게

초판 1쇄 발행 2022년 3월 2일

지은이 김영
펴낸이 이광재

책임편집 구본영
디자인 이창주
마케팅 정가현   **영업** 노시영, 허남

펴낸곳 카멜북스   **출판등록** 제311-2012-000068호
주소 서울특별시 마포구 양화로12길 26 지월드빌딩 (서교동 395-7) 3층
전화 02-3144-7113   **팩스** 02-6442-8610   **이메일** camelbook@naver.com
홈페이지 www.camelbooks.co.kr   **페이스북** www.facebook.com/camelbooks
인스타그램 www.instagram.com/camelbook

ISBN 978-89-98599-95-9 (03810)

• 책 가격은 뒤표지에 있습니다.
• 파본은 구입하신 서점에서 교환해 드립니다.
• 이 책의 저작권법에 의하여 보호받는 저작물이므로 무단 전재 및 복제를 금합니다.